脚本家が教える 読書感想文教室

篠原明夫

主婦の友社

はじめに

ぼくは、脚本家の篠原明夫と言います。
役者さんが演じるお話（台本）を書いています。
脚本家としてのけい験を生かして、
読書感想文の書き方を教える教室も開いています。

ぼくの教室には、もう1000人以上の子どもたちが来てくれました。

読書感想文は、いやでも書かなくちゃいけないよね。
それは、だれのためだと思う？ 先生のため？ お母さんやお父さんのため？
ちがうね。
そう、「自分のためになるから書く」ということを覚えておこう。

じゃあ、書くのは何のためだと思う？

大人の方へ

この本は、「文がとてもうまくなる」とか「コンクールで賞をとる」ことはめざしていません。
読書感想文を「自分の力で最後まで書く」ことが目的です。

書くと、こんなことが起こるんだよ。

1 思っていること、知ってほしいことが相手に伝わる

2 相手の心を動かす

3 相手に行動を起こさせる

文章でだれかに行動を起こさせるって、すごいことだと思わない？

文章の力はとても大きいんだよ。

読書感想文を書くのは、そのための練習なんだ。

でも、心配しなくて大じょう夫。

みんな、感想文を書けるようになるからね。

それでは、スタート！

篠原明夫

たとえば…

1 きみの書いた感想文を読んで、お母さんが「〇〇ちゃんはこんなことしたいのね」と知る

← 2 お母さんが「おうえんしたいな」と思う

← 3 お母さんが、ほしかったものを買ってくれる

なんてことが起こるかもしれない！

もくじ

パート2

フレームワークで書いた 読書感想文の見本

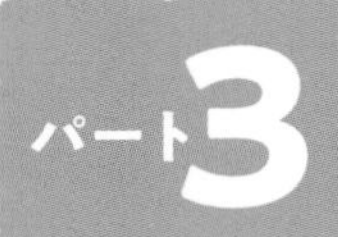

パート3

子どもが読書感想文を書けないときに

こんなときどうする？

子どもがなかなか書けない！というケース

書いたものを見て困った！というケース

コラム

文が書けると
いいことがいっぱい!

文章で自分の気持ちを表げんし、相手に伝えることは、
これからとても大切になっていくよ。

文章で表げんできると、
例えばこんなにいいことがあるんだ。

- ほしいものを手に入れられる
- やりたいことをわかってもらえる
- 「好き」という気持ちを伝えられる
- ラインやメールで言いたいことを書ける
- ユーチューブをおもしろくできる

もちろん、学校のテストや入学試験、大人になってからの仕事などでも、文章力は必要だね。
行きたい学校に入るためや、やりたい仕事をするためにも、今から書くことをがんばっていこう!

ユーチューブの画面に出てくる短い文も、もり上げるために大事って知ってた?

パート1

読書感想文の書き方

「フレームワーク」という方法を使う書き方を説明するよ。
本の選び方や原こう用紙の使い方、
文ぼう具についての注意ものっているので
書く前に見てね。

大人の方へ

- フレームワークの方法を把握しておいていただくと、子どもの質問に答えやすいと思います。章内のところどころに大人向けのガイドも載っています。
- 見本作文にはそれぞれ学年を想定してあり、ページ内で使っている漢字は基本、その学年で習うものに合わせてあります。

本の選び方

どんな本を選ぶかは、大事なことだよ！
感想文が書きやすい本、書きにくい本を知っておこう。

カンタンで読みやすい本は感想文が書きにくい

感想文が書けなくてこまっている人は、「書くこと」を考えないで本を選んでしまっているね。ついカンタンな読みやすい本を選んじゃう。感想文が上手な人は、書きやすい本を選んでいるよ。

書きやすい本

登場人物と自分に同じところがある本

同じところや、にているところがあると、「自分も」って書きやすいね。

登場人物と自分をくらべられる本

同じところがなくても、「自分ならこうする」などくらべると書きやすいよ。

例えば、こんなことは登場人物と同じ？ ちがう？

- 学年や年れい
- 習いごとやスポーツ
- 住んでいる所や国
- 家族
- ペット
- 好きなこと
- 苦手なこと
- できること
- せいかく
- 行動
- けい験（したこと）
- 気持ちや考え

書きにくい本

カンタンに思える本

- 絵本
- 図かん
- 写真集
- 自分より下の学年向けの本

など

カンタンすぎる本は「ここがよかった」と言えるところが見つけにくくて、何を書いていいかわからないことがあるよ。

わかりにくい本

- 主人公の一生を書いた長へん
  ➡子どものときと大人のときを、両方書くのはむずかしい!
- 主人公が一人じゃない本
  ➡だれのことを書いていいか、まよっちゃうかも!
- 昭和～平成初めのころの日じょう生活の話
  ➡今と同じようだけど、ちょっとちがうところがややこしい!

スマホはまだなかったよ!

本屋さんや図書館で「これ!」って思う本をさがしてみよう!

自分の好きなことが書かれている本

好きなことや知りたいことの本だと、どんどん読めて、書きやすいね。

例えば、こんなことは好き?
その中でも何が好き?

- スポーツ
- 動物
- 乗り物
- アニメ
- ゲーム
- えい画
- パソコン
- 食べ物
- うちゅう
- 海
- 洋服
- 絵
- 文ぼう具
- 建物
- 実験
- 音楽
- アイドル
- お祭り

大人の方へ　子どもの本選びについての大人向けガイドは、パート3の111ページにあります。

なぜその本を選んだのかメモする

本を読む前に、どうしてその本を選んだのか、紙やノートにメモしておこう。

この本を選んだ理由

あっくんがおもしろいと言って、主人公のマネをしてたから

こんな理由もあるよ

- 表紙の動物がかわいいから
- 学校の読書の時間に読んでおもしろかったから
- 前書きを読んだらきょう味がわいたから
- 主人公が自分と同じ4年生だから
- 前に同じ作者の本を読んでよかったから

2 読みながら

フセンをはる

よかった、おもしろかったという場面のページに、フセン(はってはがせるのりつきのメモ)をはっておこう。フセンがなかったら、紙をはさんでもいいよ。

フセンは3まいまで!

➔フセンのことは35ページも見てね。

書き方 1

原こう用紙に書く前に

本を決めたら、なぜその本を選んだのかメモしておこう。そして、本を読み終わったら、思ったことをメモしよう。このメモがあると、書くのがラクになるからね。

一番よかったところをメモする

一番よかったところ

自分もおなかがすいているのに、友だちにごはんをあげたところ

どんなところがよかったのか、フセンをはった3か所の中から一番を選んでメモしよう。

→あとで感想文を書くときに、わかるように書くこと。たまに、何を書いたのか自分でもわからなくなっちゃうことがあるからね。

あとでわかるようにメモしよう

こんな感じになるよ!

パパはおこり虫
よんだりゆう
おかあさんによんだらっていわれたから。
よかったところおとうさんがやさしくできなくてあやまるところがとてもよかったです。

『何回でも旅するネコ』
読んだ理由
ネコは人じゃなくて家になつくと聞いたのに、なんで旅に出たんだろうと思ってその理由を知りたくて読んだ
感動した場面
旅に出たネコが戻って来た時に友達がみんな集まってお魚をいっぱい拾って来てパーティーしてくれた場面

大人の方へ

●いきなり原稿用紙に書き始めるより、簡単なメモでいいのでこのワンクッションをおくと、書き進めやすくなります。

→読後に❸の作業をすることで頭の中が整理され、本の中のできごとを振り返って自分に重ね合わせたり、自分の考えや気持ちを改めて意識できます。

→「一番よかったところ」「なぜいいと思ったか」は、感想文を書くときの重要なポイント。ここをおさえられたら、なんとかなります。

●メモ用紙は何でもOKです。自分でできない子には「どこがよかった?」「なぜ悲しかったの?」などと聞いて、手助けしてあげてください。

●「フセン3枚まで」というのは、たくさんはると、あとでどれが何なのか、わからなくなるからです。3枚だけ渡して、中〜高学年なら「よかったと思うところを必ず見つけてね」、低学年なら「おもしろいところ、悲しいところ、こわいところを見つけてね」などと言うと、意識して読むようになります。

書き方 2

原こう用紙に書く フレームワーク

原こう用紙を、短めの行に分けて書いていくよ。
この方法を「フレームワーク」と言うよ。
やり方はすごくカンタン！

フレームワークの方法

① 行を分ける

② それぞれのフレームに書くことをメモする

原こう用紙の上のあいているところにメモしてね

原こう用紙1まいのとき（400字）

※2〜3まいのときは16〜19ページを見てね。

① 本を読む前の自分の体験・考え

② どうしてこの本を選んだか

③ あらすじ 最初から中あたり

このかたまりを フレーム と言うよ

題名

○年○組

○○

○○

まず下書きをして、
あとで仕上げてね
⇒仕上げのことは32ページ

③ フレーム一つ分ずつ文を書いていく

❶から書くのがむずかしかったら他のフレームからでもいいよ

長い文が書けなくても、3行とか5行くらいなら書けるよね!

大人の方へ

子どもが自分で分けるのがむずかしい場合、大人が行を割って、それぞれの項目内容を原稿用紙の上部に書き込み、簡単に説明してあげてください。

⑥	⑤	④	
これからどうしたいか	どうしていいと思ったか	一番いいと思ったところ	終わりのほう

それぞれのフレームに書くこと

① 本を読む前の自分の体験・考え	3行
② どうしてこの本を選んだか	2行
③ あらすじ	合計5行
最初から中あたり	3行
終わりのほう	2行
④ 一番いいと思ったところ	3行
⑤ どうしていいと思ったか	2行
⑥ これからどうしたいか	3行

☆❷をやめて、❶を体験3行+考え2行に分けてもいいね。

☆行数は少しふやしたり、へらしたりしてもいいよ。でも、1行だけにはしないでね。

原こう用紙1まいのときは、題名と名前の行をぬかして18行になるよ

400字のフレーム作文の例は20~21ページ

原こう用紙2まいのとき（800字）

やり方は原こう用紙1まいのときと同じで、フレームの種類がふえたよ。それぞれのフレームの行数も少しずつふやしてみよう。

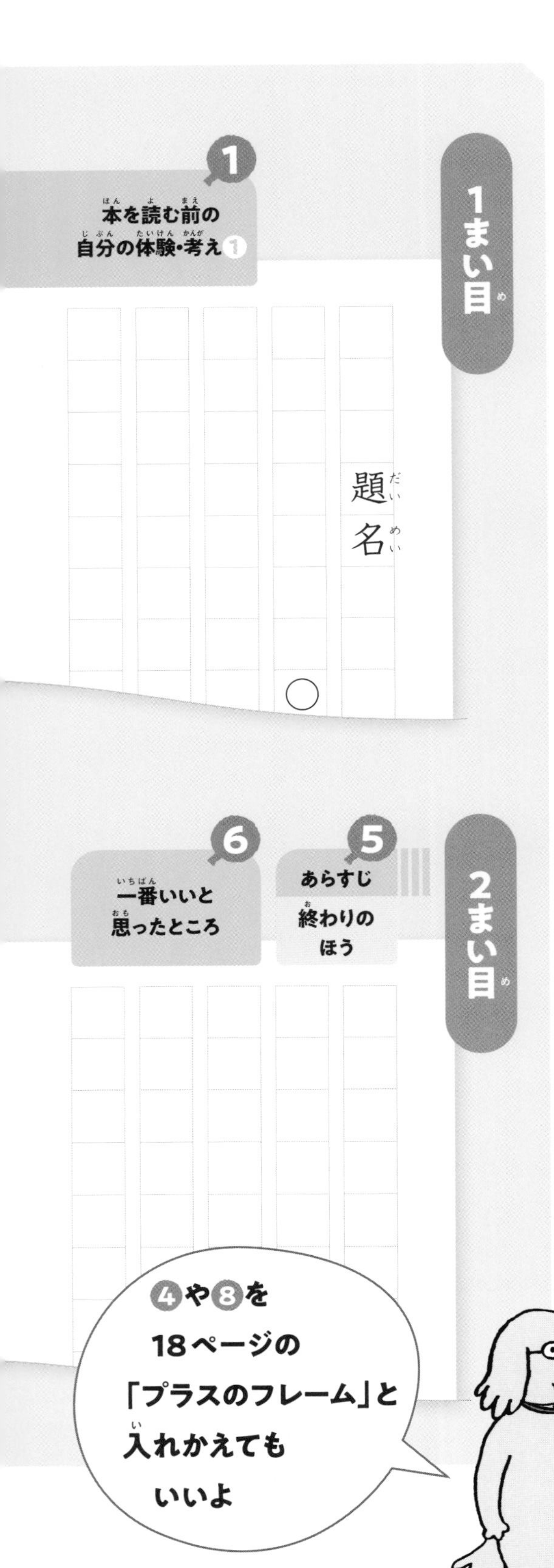

きほんのフレーム

1	本を読む前の自分の体験・考え①	4~5行
2	本を読む前の自分の体験・考え②	4~5行
3	①と②に対しての気持ち	3行
4	どうしてこの本を選んだか	3行
5	あらすじ	合計6~10行
	最初のほう	2~4行
	中あたり	2~4行
	終わりのほう（結末）	2~4行
6	一番いいと思ったところ	3~5行
7	どうしていいと思ったか	3行
8	もし自分が登場人物だったら	5~7行
9	これからどうしたいか	5行

原こう用紙2まいのときは、題名と名前の行をぬかして38行になるよ

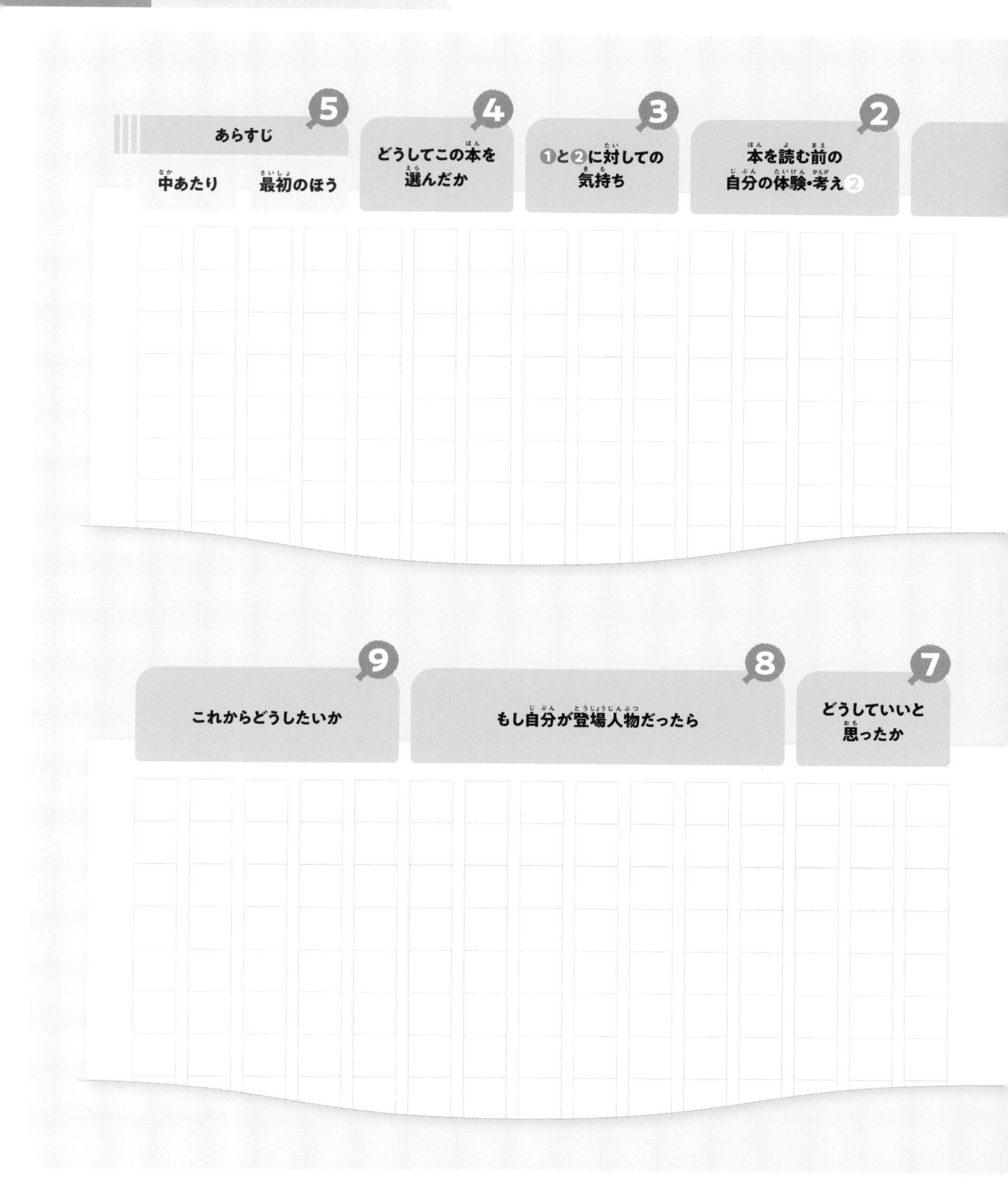

大人の方へ

●枚数が増えたら、フレームの種類を増やすか、それぞれのフレームの行を増やすかで対応します。長めの文を書けるなら後者で、そうでなければ前者がベター。

●行数は目安で、枚数に収まるなら増減してOKです（1行にはならないように）。

800字のフレーム作文の例は22〜25ページ

原こう用紙3まいのとき（1200字）

やり方は原こう用紙2まいのときと同じで、フレームの種類がさらにふえたよ。下からいくつか選んで、2まいのときの「きほんのフレーム」に合計20行（1まい分）を足してね。それぞれのフレームの行数をふやして、フレームの種類はへらしてもいいよ。

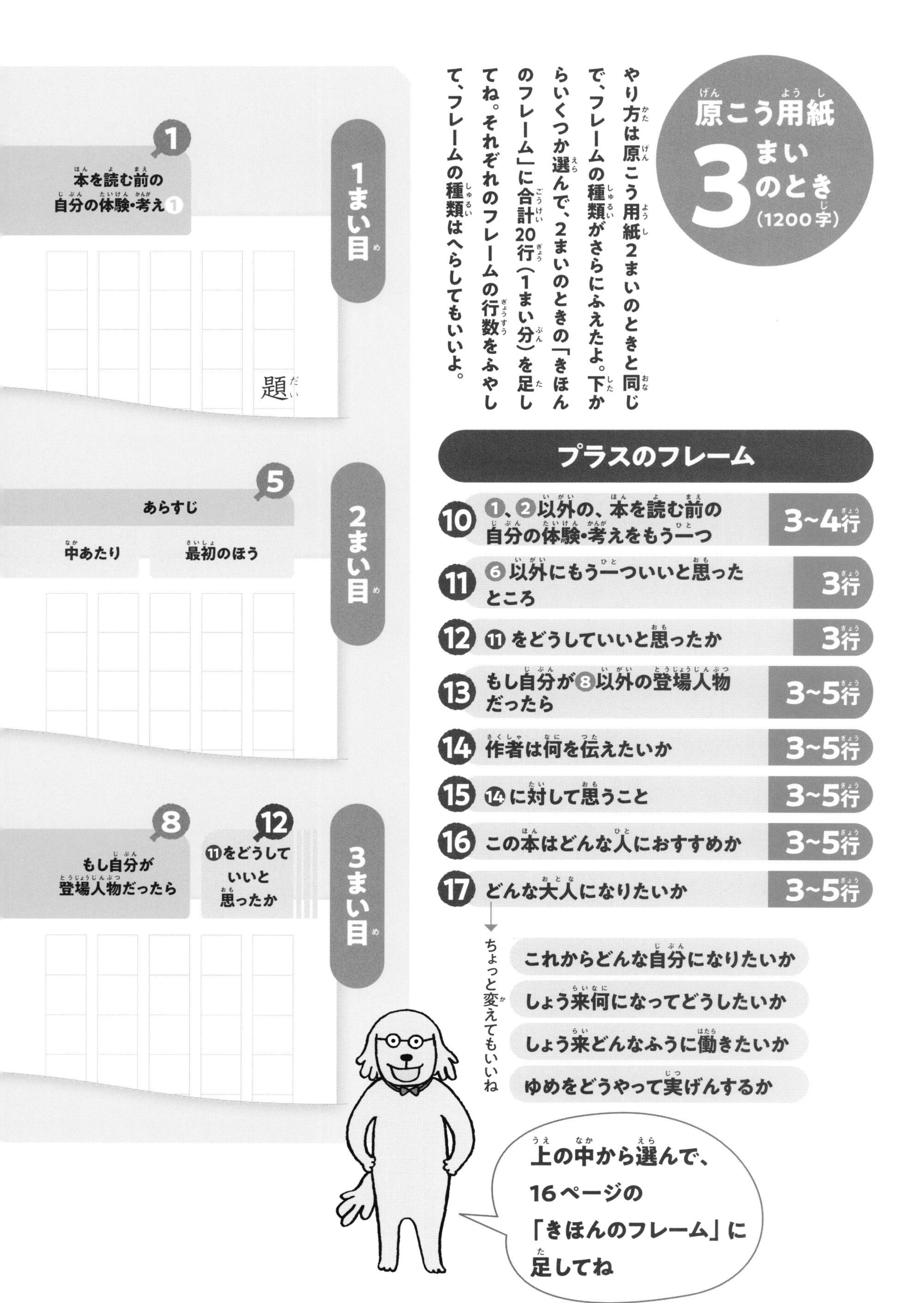

プラスのフレーム

10	❶、❷以外の、本を読む前の自分の体験・考えをもう一つ	3~4行
11	❻以外にもう一ついいと思ったところ	3行
12	⓫をどうしていいと思ったか	3行
13	もし自分が❽以外の登場人物だったら	3~5行
14	作者は何を伝えたいか	3~5行
15	⓮に対して思うこと	3~5行
16	この本はどんな人におすすめか	3~5行
17	どんな大人になりたいか	3~5行

ちょっと変えてもいいね
- これからどんな自分になりたいか
- しょう来何になってどうしたいか
- しょう来どんなふうに働きたいか
- ゆめをどうやって実げんするか

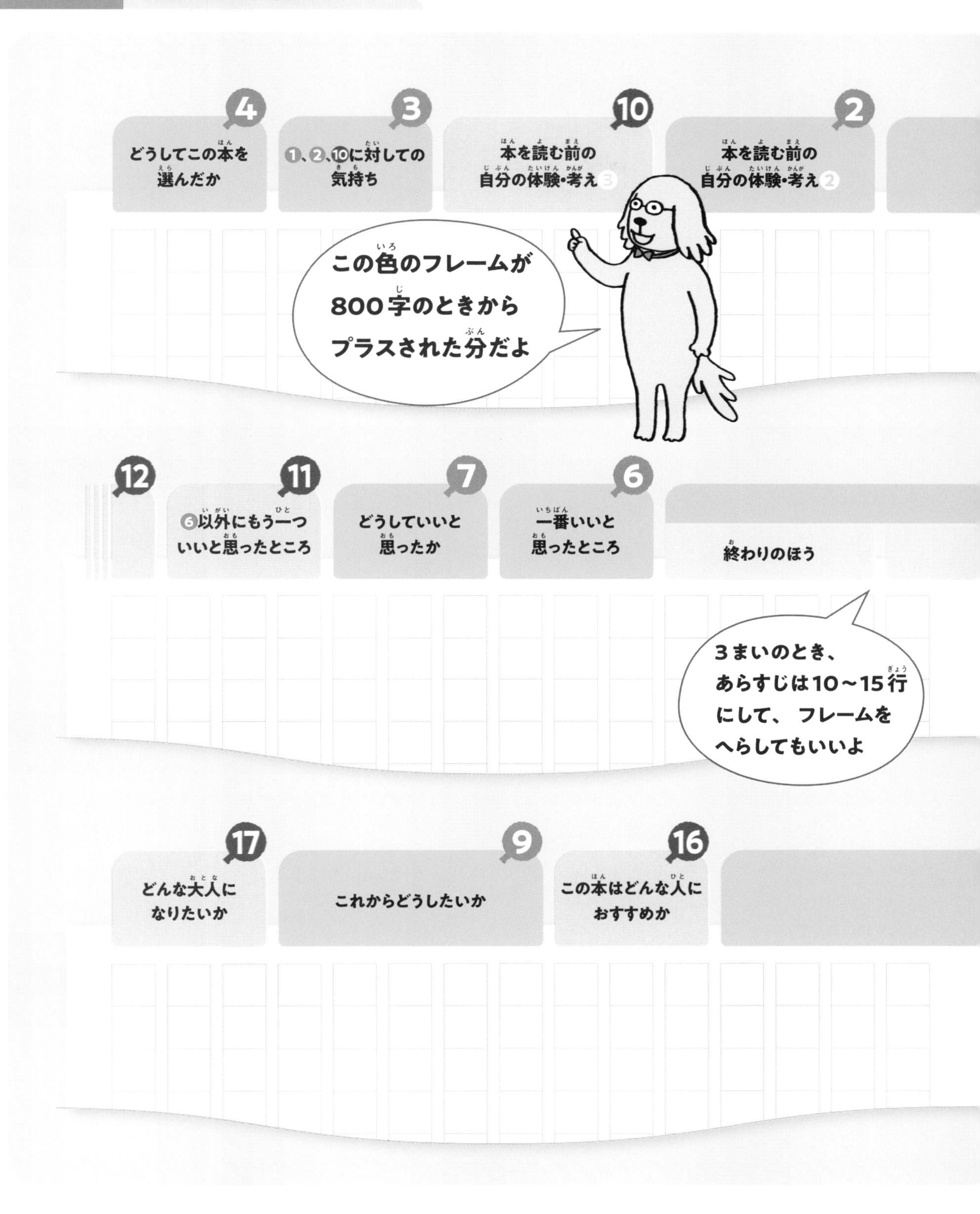

1200字のフレーム作文の例は26～31ページ

大人の方へ

どのフレームを入れたらいいか迷っているようなら、「もう一つそんな体験はある?」などと聞いて、フレーム選びを手伝ってあげてください。

フレームワークの見本1

原こう用紙1まい（400字）のとき

『ウサギとカメ』で、原こう用紙1まいのフレームワークをしてみるよ。
どんなことを書くのかは、下のほうを見てね。

1 本を読む前の自分の体けん・考え
2 どうしてこの本をえらんだか
3 あらすじ さいしょから中あたり

　『ウサギとカメ』を読んで
　　　　　　　　　　二年二組　山田　元
　ぼくは足がはやいです。足がおそい友だちに「もっとはやく走れよ！」と言いました。れんしゅうをすればいいのにと思いました。
　この本を読んだのは、どうぶつがすきなのと、かけっこの話だったからです。
　ウサギがカメに、どっちがはやいかきょうそうしようと言いました。カメがおそいので、ウサギはと中で休んでねました。

何を書くか

1 カッコいいことじゃなくて、ダメだったことやしっぱいしたことのほうが、かんそう文が書きやすくなるよ。それをどう思ったかも書こう。

2 原こう用紙に書く前にメモしているかな（12ページを見てね）。メモがあったら見てみよう。

3 どんな話だったか、思い出して書こう。この本を読んだことがない人に教えてあげるつもりでね。本の中あたりまでと、終わりのほう（さい後は

終わりのほう

カメは休まないでがんばって、ウサギより
先にゴールしました。

4 一番いいと思ったところ

ウサギが、自分より足がおそいカメにまけ
てくやしいのに、またがんばろうと思ったと
ころがよかったです。

5 どうしていいと思ったか

もう1かいやったらウサギはぜったいかて
るのに、まけをみとめたからです。

6 これからどうしたいか

ぼくもこれからは、足がおそい人にいばら
ないようにしたいです。いっしょにれんしゅ
うしようと、さそってみようと思います。

どうなったか）に分けて書くといいね。

4 ここも、書く前のメモがあるなら見てみよう。ここにはまだ自分の気もちは書かないでね。

5 4がなぜいいと思ったのかを書こう。その場めんを読んだときの気もちや、「なみだが出た」「わらった」など、自分がどうなったかをくわえて書くのもいいね。

6 本を読んでから、読む前の気もちとかわったところや、これを読んだからこうしたいと思ったことを書こう。上の文のように、1の自分の体けんや気もちとくらべて書けたら、もっといいね！

大人の方へ

- できれば1ではマイナスの体験を書き、それを踏まえて、「この本を読んでからはこうしたいと思った」という前向きな内容を6に書くことで、きれいにまとまります。
- 子どもがとまどっているようなら、たとえば1では「友だちに何か自慢しちゃったことある？」「いじわるしちゃったことは？」などと聞いて、「言わなくていいから、それを書いてみて」と促してあげてください。

フレームワークの見本2

原こう用紙2まい(800字)のとき

原こう用紙1まいのときよりフレームの数がふえているね。
それぞれのフレームの行数も少しずつふやそう。

何を書くか

1 本を読む前の自分の体験・考え①

2 本を読む前の自分の体験・考え②

ぼくはウサギ

四年一組　山田　元

ぼくは、ようち園のころから足が速かったです。小学校でも運動会でいいタイムを出したので、リレーの選手に選ばれました。野球の試合ではとうるい王に選ばれました。

野球の試合で、チームメイトの足がおそくてアウトになったとき、ぼくは、

「ちゃんと走れよ！」

と、大きな声でどなってしまいました。

1 カッコいいことじゃなくて、自分のダメだったことや失敗したことを書いてみて。本を読んで思い出した、自分の体験を書くといいよ。

2 もう一つ別の、自分の体験を書いてみよう。

3 ❶と❷に対しての気持ち

4 どうしてこの本を選んだか

5 あらすじ 最初のほう 中あたり

ぼくにはおそい人の気持ちがわかりません。でもちゃんと走ればいいのにって思います。でもおこると自分もいやな気持ちになります。

チームメイトと仲が悪くなったのを心配して、父が『ウサギとカメ』が入った『イソップ物語』の本を買ってくれました。

ウサギは足が速くていつも自まんしています。ウサギは足のおそいカメにかけっこをしようとさそいます。足の速いウサギがふり返ると、カメはずっと向こうにいます。ウサギ

3 ❶と❷で書いた体験をしたときの気持ちや、そのとき自分がどう思ったかを書こう。

4 自分が本を選んだときのことを思い出してみよう。原こう用紙に書く前にメモしていたら見てね（12ページ）。

5 どんな話だったか、思い出して書こう。この本を読んだことがない人に教えてあげるつもりでね。主人公がどんな人で何をしたかがわかるように、話の最初のほうのことから中あたりまでの話を書いてみよう。

フレームワークの見本2

原こう用紙2まい（800字）のとき

5 あらすじ 終わりのほう

6 一番いいと思ったところ

7 どうしていいと思ったか

8

は安心して昼ねしてしまいます。カメは一歩一歩がんばってウサギに勝つという話です。

　一番心に残ったのは、ねてしまったウサギはくやしがったけれど、最後にはこれからは全力でがんばろうと思ったところです。

　なぜその場面がよかったかと言うと、自分の失敗をすなおにみとめて、もっとがんばることはいいことだと考えたからです。

　もしぼくがウサギだったら、ぜっ対にねたりしないです。だから、ぼくはカメには負け

何を書くか

5 この本を読んだことのない人にもわかるように、最後はどうなったか（結末）まで書いてね。

6 ここも、書く前のメモ（12ページ）があるなら見てみよう。ここにはまだ自分の気持ちは書かないでね。

7 ❻がなぜいいと思ったのかを書こう。その場面を読んだときの気持ちや、「なみだが出た」「笑った」など、自分がどうなったかを加えて書くのもいいね。

大人の方へ

- 原稿用紙1枚のときと比べ、❷、❸、❽が増えて、フレームが9個になりました。大変に見えますが、それぞれの行数は少ないので、何かしらは書けるはずです。
- 書きにくそうな場合、18ページを参考に別のフレームに変えてもいいかもしれません。

❽ もし自分が登場人物だったら

ないです。

　でも、ぼくとウサギは、とく意なことを、友だちに自まんするというせいかくがにていると思いました。きっとぼくもカメをばかにしたと思います。

❾ これから どうしたいか

　これからは自分のことを自まんしたりしないで、おそい人に速く走れる方法を教えてあげたり、練習につき合ったりして、速く走れるようにしたいと思いました。これからはチームメイトと仲よくしたいです。

❽ 登場人物がとった行動やそのときの気持ちを、自分に当てはめて考えてみよう。この感想文の場合は、「もしぼくがウサギだったら」を考えて書いているね。

❾ 本を読んでから、読む前の気持ちと変わったところや、これを読んだからこうしたいと思ったことを書こう。❶と❷の自分の体験や気持ちとくらべて書けたら、もっといいね！

フレームワークの見本3

原こう用紙3まい（1200字）のとき

2まいのときのフレームに、「プラスのフレーム」（18ページ）の中からいくつか足したよ。それぞれの行数も少しずつふえているね。

何を書くか

1 本を読む前の自分の体験・考え ①

『ウサギとカメ』のカメでいいのか？

五年一組　山田　元

ぼくは、ようちえんのころから足が速かったです。小学校でも運動会でいいタイムを出したので、リレーの選手に選ばれました。でも、地区大会のリレーで負けてしまいました。チームの中におそい人がいたのがいやでした。

2 本を読む前の自分の体験・考え ②

ぼくは少年野球のチームに入っています。野球の試合で、チームメイトの足がおそくてアウトになったことがありました。次はぼく

1 カッコいいことじゃなくて、自分のダメだったことや失敗したことを書いてみて。本を読んで思い出した、自分の体験を書くといいよ。

2 もう一つ別の、自分の体験を書いてみよう。

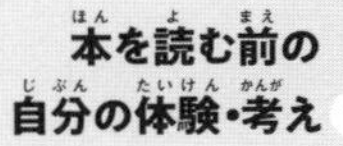

④ ①〜③に対しての気持ち

③ 本を読む前の自分の体験・考え ③

の打席だったのにと思って、「ちゃんと走れよ！」と、大きな声でどなってしまいました。

　ぼくは絵が下手です。線だけならなんとかかけるのですが、いつも色をぬると、なぜか何をかいているのかわからなくなるくらい変な絵になります。友だちは、ぼくの絵を見ると、必ず笑います。

　ぼくにはおそい人の気持ちがわかりません。ちゃんと走ればいいのにって思います。でも絵を笑われると、くやしくてたまりません。

③ さらにもう一つ別の体験を思い出せるかな？　苦手なこと、友だちに笑われたこと、くやしかったことなどを書いてみよう。

④ ①、②、③で書いた体験をしたときの気持ちや、そのとき自分がどう思ったかを書こう。

この色のところが「プラスのフレーム」だよ

フレームワークの見本3

原こう用紙3まい（1200字）のとき

5 どうして この本を選んだか

6 あらすじ
最初のほう
中あたり

友だちと仲が悪くなったのを心配して、父が『イソップ物語』を買ってくれました。短くて読みやすい話がいろいろ入っています。

その中に『ウサギとカメ』という話がありました。ウサギはとても足が速くて、そのことをいつも自まんしていました。ウサギが足のおそいカメをバカにして、おもしろがって「かけっこをしよう。」とさそいます。かけっこではゴールの少し前で、足の速いウサギがふり返ると、カメはずっと向こうにいました。

何を書くか

5 自分が本を選んだときのことを思い出してみよう。原こう用紙に書く前にメモしていたら見てね（12ページ）。

6 どんな話だったか、思い出して書こう。この本を読んだことがない人に教えてあげるつもりでね。「だれが」「何をして」「どうなったのか」を書くと、わかりやすいあらすじになるよ。

終わりのほう

安心したウサギはゴールの手前で休けいして、そのままねてしまいます。カメは一歩一歩がんばって、ウサギに勝つという話です。

7 一番いいと思ったところ

一番心に残ったのは、ねてしまったウサギはとてもくやしがったけれど、勝ったカメを見て、ものすごく反省して、最後にはもう足の速いことを自まんしたりしないで、いつでも全力でがんばろうと思ったところです。

8 どうしていいと思ったか

なぜその場面がよかったかと言うと、自分の失敗を素直にみとめて、もっとがんばるこ

大人の方へ

- フレームの数が増えて、書いたり消したりが多くなるかもしれません。フレームワークは清書することが前提なので、この段階ではきれいに書かなくてもOKです。
- 迷っているようだったら、「自分がカメだったらどうする?」などと声をかけてあげても。「うれしいと思う? ほっとする? びっくりする?」などと、三択で導いてもいいですね。ただ、ヒントだけにして、子どもが自分で考えて書くことを大事にしてください。

7 ここも、書く前のメモがあるなら見てみよう。ここにはまだ自分の気持ちは書かないでね。

8 7がなぜいいと思ったのかを書こう。「いいと思った」だけでなく、「心に残った」「むねが熱くなった」など、さまざまな気持ちを表現してみよう。

フレームワークの見本3

原こう用紙3まい（1200字）のとき

何を書くか

8

9 もし自分が登場人物だったら

10 これからどうしたいか

とはいいことだと思ったからです。

　もしぼくがウサギだったら、絶対にねたりしないです。だからぼくは負けることはないと思います。でもぼくは、得意なことを自まんするという悪い性格が、ウサギといっしょでした。おそい人を少しバカにしていました。

　これからは、自分のことを自まんしたりしないで、おそい人に速く走れる方法を教えてあげたり、練習につき合ったりして、みんなが速く走れるようにしたいと思いました。友

9 登場人物がとった行動やそのときの気持ちを、自分に当てはめて考えてみよう。この感想文の場合は、「もしぼくがウサギだったら」を考えて書いているね。

10 本を読んでから、読む前の気持ちと変わったところや、これを読んだからこうしたいと思ったことを書こう。❶～❸の体験から、ダメな自分の「ここを変えてみたい」「これからこうしたい」ということを考えて書けたらもっといいね。

大人の方へ

- 原稿用紙2枚のときと比べ、③、⑪、⑫が増えて、フレームが12個になりました。やはり一つずつのフレームの行数は多くないので、問題なく書けると思います。
- 書きにくそうな場合、18ページを参考に別のフレームに変えてもいいかもしれません。

だちとも、仲直りしたいと思います。

⑪ しょう来何になってどうしたいか

　しょう来は野球選手になりたいです。チームの人に自分の得意なことを教えてあげて、ゆう勝したいです。そしてカメのように、苦手なこともあきらめないで、がんばれる選手になって、大リーグで活やくします。

⑫ この本はどんな人におすすめか

　この本は、ちょっと不親切なことをしてしまった人におすすめしたいです。みんな、自分のことばっかり考えないで、人に親切にしたほうがいいと思うからです。

⑪ プラスのフレームだよ。⑩は、これからすぐにこうしたいということなのに対して、ここにはもう少し先の、大人になってからの自分のことを書いてみよう。

⑫ これもプラスのフレームだね。「だれに」おすすめか、ではなく、「どんな人に」なので、気をつけて。どうしておすすめなのかもつけ加えよう。

書き方

3

原こう用紙を仕上げる

**下書きができたら、いよいよ仕上げだよ！
読み返して直すと、きっとすごくいい感想文になるはず。**

仕上げの方法

❶ 下書きをチェックして直す

チェックする内ようは、100〜101ページを見てね。

❷ 声に出して文を読んでみる

読んでいて、おかしいな？と思うところがあったら、それも直してね。

❸ ていねいな字で清書する

❶と❷で下書きに書きこんだ直しを見ながら書こう。

❹ 最後にもう一度読む

直しわすれはないかな？

大人の方へ

子どもの書いたものを見て、「もうちょっとこうしたら」と言いたくなりがちですがグッとこらえて、内容に口出ししないことが大切です。下書きを見たり、音読を聞いて、どうしても意味がわからないときだけ、「ここはどういうこと？」と聞いてください。そして、子どもの説明で意味がわかったら、「じゃあ、そう書いてみて。それならみんなにわかるから」と言うだけにとどめましょう。大人の方のかかわり方については、パート3を参考にしてください。

直すときの例

※原稿用紙の使い方は次のページを見てね。

まちがえたり、変えたいところは、こんなふうに下書きに書きこんでみよう。
清書のときにはわすれないように、これらを直して仕上げてね。

ぬかしてしまっている言葉があれば、書き足してね。

習った漢字はしっかり書こう！

ぼくはウサギが負けた

四年一組　山田元

ぼくはようち園のころから足が速かっ
たです。小学校でもはやかったです。リレー
のせんしゅに選ばれました。
野球のはとうるい王にも選ばれました。
野球の試合で、チームメイトの足がおそく
てアウトになったときぼくは、
「ちゃんと走れよ！」
と、大きな声でどなってしまいました。

（書きこみ：、／運動会でいいタイムを出したので、／選手／試合で）

もし、もっといい題名を思いついたら変えてもいいね。

音読したとき長めの文が読みにくかったら、「、」を足してみよう。

学年、組、名前は書いた？　名字と名前の間もあけるのをわすれずに。

まちがっているところや、いらない言葉は消そう。

ここは行をかえてはいけないね。行をかえる部分もチェックしよう。

文のつながりが悪かったら、書き直してみよう。

原こう用紙の使い方

感想文を原こう用紙に書くときは、いくつかの決まりがあるよ。書く前におさらいしておこう！

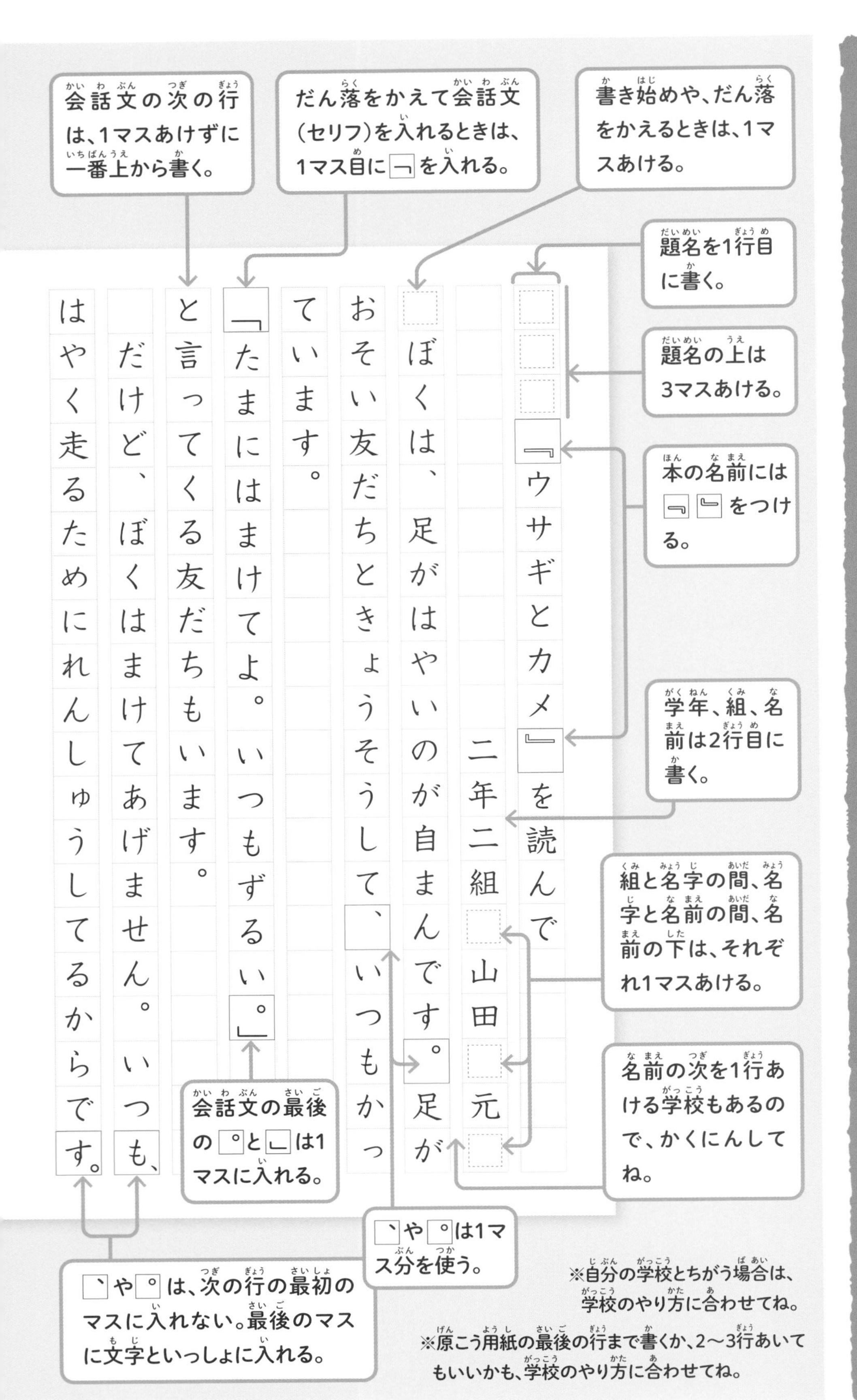

『ウサギとカメ』を読んで
二年二組　山田　元
ぼくは、足がはやいのが自まんです。足がおそい友だちときょうそうして、いつもかっています。

「たまにはまけてよ。いつもずるい。」と言ってくる友だちもいます。

だけど、ぼくはまけてあげません。いつも、はやく走るためにれんしゅうしてるからです。

題名を1行目に書く。

題名の上は3マスあける。

本の名前には『』をつける。

学年、組、名前は2行目に書く。

組と名字の間、名字と名前の間、名前の下は、それぞれ1マスあける。

名前の次を1行あける学校もあるので、かくにんしてね。

書き始めや、だん落をかえるときは、1マスあける。

だん落をかえて会話文（セリフ）を入れるときは、1マス目に「を入れる。

会話文の次の行は、1マスあけずに一番上から書く。

会話文の最後の。と」は1マスに入れる。

、や。は1マス分を使う。

、や。は、次の行の最初のマスに入れない。最後のマスに文字といっしょに入れる。
※自分の学校とちがう場合は、学校のやり方に合わせてね。
※原こう用紙の最後の行まで書くか、2〜3行あいてもいいかも、学校のやり方に合わせてね。

文ぼう具について

文字を書くのって、けっこう大変だよね。だから、自分が書きやすい文ぼう具を選ぼう。

書く前に用意するもの

● **原こう用紙**	学校で決められたものがあれば、それを使ってね。
● **HBのえん筆またはシャープペンシル**	2Bをすすめている学校もあるけど、消しにくいし、手でこすれて紙が黒くなるから、HBがおすすめ。
● **消しゴム**	よく消えるものを使おう。消そうとしたら紙がきたなくなるものは、使わないで。
● **下じき**	テーブルがでこぼこでも、下じきがあればサラサラ書けるね。

これは本を読むときに用意してね

● **フセン**	はってはがせるのりつきのメモ。フセンがなかったら、ページに紙をはさんでもいいよ。

フセンは3まいだけ!

本を読みながら、よかったところや、おもしろかったところ3か所に、1まいずつはっていこう。

●4まい目をはりたくなったら、1まいをはがしてはりかえよう。1番目と2番目によかったところは残して、3番目をはがしてはりかえて。

●たくさんはると、あとでどれが何なのかわからなくなるよ。3まいだけにすると、あとで考えをまとめやすくなるよ。

パート2の見方

パート2にのっている、見本の感想文のページの見方だよ。

●こんなふうにも書けるよ

［点線の枠］の部分をもう少し別の書き方にした例。どこを変えたのか、くらべてみてね。例のように書きかえた場合、行数が変わるところもあるよ。

●フレーム分け

どんなフレームに何行ずつ分けたのか、ここでわかるよ。
→フレームのことは14～19ページを見てね。

パート2　読書感想文の見本

原こう用紙2まい
800字
見本2

物語【動物】

どんな本を読んだ?

ネコが旅でぼうけんする話

動物がテーマの本は、「自分の体けん・考え」を動物にかん係したことにするとまとめやすいよ。この本の主人公はネコだけど、どんなせいかくなのか、自分と同じところがあるのか考えてみよう。

ネコだって旅をする

三年二組　川口　明里

①本を読む前の自分の体けん・考え①

わたしはネコが大すきです。でもお母さんがネコアレルギーなので家ではかえません。だからよく、ペットショップに行きます。ペットショップは、学校と家の間にあるところです。

②本を読む前の自分の体けん・考え②

ネコのすきなところが二つあります。一つ目は鳴き声です。のどを鳴らす声がとくにすきです。二つ目は手ざわりです。毛が長いネコも短いネコも手ざわりがいいです。

③①と②に対しての気持ち

ネコをなでていると、本当にかわいくて、いやされます。ちょっといやなことがあっても「大じょうぶ!」という気持ちになります。

④どうしてこの本をえらんだか

ネコがすきだからネコの本を図書館でさがして、この『何回でも旅するネコ』という本を見つけて、感想文の本にしました。

⑤あらすじ　さいしょのほう

ネコのソータローは港町に生まれた。お魚がいっぱいあって、なか間もいっぱいいて、とても幸せだったのに、ソータローはたいく

①本を読む前の自分の体けん・考え①

こんなふうにも書けるよ

だからよく、学校と家の間にあるペットショップにネコを見に行きます。

こうしてみよう!
二つの文章に分かれているけど、短い中で「ペットショップ」とくり返しになってしまっているので、一つの文章にまとめたほうがいいね。
⇓例は左ページ

ポイント
自分の考えを言うとき、こんなふうに、それがいくつあるのか先に言うといいね。そのあとに、「一つ目は」「二つ目は」と書いていくとわかりやすいよ。発表をするときなど、口でせつ明するときにもおすすめ!

いいね!
「いやされます。」で終わらずに、いやされて、どんな気持ちになるかまで書けているのがいいね。こうすると、読んでいる人に、もっと気持ちがつたわるよ。

ポイント
自分のすきなことや、きょう味のあることがテーマの本をえらぶと、感想も書きやすくなるよ。読むのもいやじゃなくなるよね

こうしてみよう!
「生まれた」になっているけど「生まれました」だね。一つの作文の中で、文章のさい後の書き方はそろえよう。

51　50

●こうしてみよう!

書き方についての注意や、変えたほうがいいところ。

●いいね!

いい書き方のところだよ。マネしてみてね。

●ポイント

書き方やまとめ方のコツがのっているところ。

パート2

フレームワークで書いた

読書感想文の見本

400字、800字、1200字それぞれの、見本の感想文がのっているよ。
出てくる感想文は、いいところも悪いところもあって、
悪いところはどう直せばいいか書かれているので、
自分が書くときの参考にしてね。

ひとりで読んで
進められるよ!

大人の方へ

- ここに出てくる本はすべて、著者が考えた実在しないものです。実在の本だと、子どもの考えが見本作文にしばられてしまったり、書き写してしまったりすることがあるため、どの本にも応用しやすい見本を作りました。
- 見本作文にはそれぞれ学年を想定してあり、ページ内で使っている漢字は基本、その学年で習うものに合わせてあります。

げんこうようし1まい
400字
見本1

ものがたり
【かぞく】

どんな本をよんだ?

三つだけおねがいできるおはなし

三つできるねがいごとは、なにかな? かぞえながらよむと、あらすじがスラスラかけそうだよ。じぶんだったらどんなおねがいをするのかをかんがえて、それもかけるとたのしいかんそう文になるね。

1 本をよむまえのじぶんの体けん・かんがえ
2 どうしてこの本をえらんだか
3 あらすじ さいしょのほう

三つのおねがいをよんで
一年一くみ 川口 あかり
わたしはおにいちゃんがきらいなときがあります。すぐにおこるし、めいれいばかりしてくるのでいやになります。
わたしがこの本をよんだのは、出てくる女の子がいっしょの一年生だったからです。
ひまりは一年生で、五年生のおねえちゃんがいて、ひまりがおつかいしたらふしぎなおばあちゃんが三つだけおねがいをきいてくれ

こうしてみよう!
本のだい名は二じゅうかぎかっこを使って、『三つのおねがい』にしよう。

こうしてみよう!
文がダラダラしているね。ながくしないほうが、よんでいる人がわかりやすくなるよ。さいしょの文は、「〜おねえちゃんがいます。」で1かいおわりにしてみよう。「つぼをくれて、」のところも、「つぼをくれました。」にするといいね。

中あたり

④ 一ばんいいとおもったところ

⑤ どうしていいとおもったか

⑥ これからどうしたいか

るつぼをくれて、おねがいの二つはほしかったおもちゃをもらうのにつかいました。
一ばんよかったところは、さいごのおねがいでおねえちゃんのびょう気をなおしたところです。
いつもけんかしていても、しんせつにされたことをひまりはいっぱいおもい出しました。
わたしも、おにいちゃんがやさしくしてくれたことをおもい出しました。おにいちゃんといつもなかよくしたいな。

⑤ どうしていいとおもったか

こんなふうにもかけるよ

ねがいはあと一つだけなのに、おねえちゃんにつかったので、えらいとおもいました。

ポイント

あらすじには、三つのおねがいのうち二つだけをかいて、三つ目のおねがいは「一ばんいいとおもったところ」にとっておいたんだね。こんなふうに、あらすじとよかったところをわけると、かんそうがかきやすいよ。

こうしてみよう！

これだと、あらすじだね。「一ばんいいとおもったところ」にかいたことが、どうしていいとおもったのかをかこう。

⇒れいは左上

いいね！

本の中で、ひまりちゃんのしたことをよんで、じぶんもどうしたいかをかんがえたんだね。上手にまとめているよ。

原こう用紙1まい
400字
見本2

ものがたり
【やさしさ】

どんな本を読んだ?

いつもおこっているお父さんの話

本に出てくるお父さんはおこってばっかりだけど、それをあやまってやさしくなりました。そんなとう場人ぶつの行どうを読んで、「自分もこうしよう」と思ったことをかんそう文に書くといいね。

こわいのはやさしいから

二年二組　山田　元

1 本を読む前の自分の体けん・考え

この前、友だちがけしゴムをわすれました。ぼくは1こしかもっていなかったので、かしてあげませんでした。

2 どうしてこの本をえらんだか

お母さんが、これを読みなさいと言ったので『パパはおこり虫』を読みました。

3 あらすじ さいしょのほう〜中あたり

ノボルのお父さんはいつもおこっている。おこるとすごくこわいです。なんでこんなにおこるんだろう?

ポイント

いいだい名だね。だい名はさいしょにつけないで、かんそう文を書きおわってから考えるほうが、おもしろいだい名を思いつきやすいよ。

ポイント

こんなふうに、あとになってざんねんに思ったことや、わるかったなーと思ったことを、さいしょのところに書いてみよう。さいごの「これからどうしたいか」につながっていくね。

こうしてみよう!

お母さんにすすめられて、い

おわりのほう

でもお父さんは本当は、あぶないときと、
やさしさがないときだけおこっていた。

④ 一番いいと思ったところ

お父さんがしごとばかりして、ノボルにや
さしくできなかったことを、あやまるところ
がとてもよかったです。

⑤ どうしていいと思ったか

自分がわるかったのを、子どもにあやまる
のがえらいと思いました。

⑥ これからどうしたいか

ぼくは自分がやさしくなったら、みんなも
やさしくなることがわかりました。これから
はけしゴムはかしてあげようと思いました。

こんなふうにも書けるよ

② どうしてこの本をえらんだか

『パパはおこり虫』のだい名を見て、「おこ
り虫って何だろう？」と思って読みました。

やいや読んでいるみたいだね。どうして「いやだ」と言わないで読んだのかを書いてみよう。

⇓れいは左上

こうしてみよう！

書くことがなくて、行を何回もかえてしまったのかな？「。」のたびに行をかえず、話がかわるまでは文をつづけるのが作文のきまりだよ。

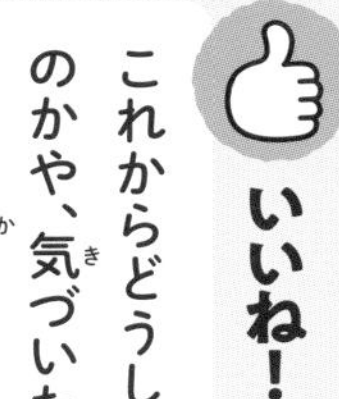

いいね！

これからどうしようと思ったのかや、気づいたことが、しっかりと書けているね。

原こう用紙1まい
400字
見本3

絵本

どんな本を読んだ？

わらいぶくろで人をわらわせる話

絵本は文字が少ないから、何が言いたい話なのかわかりにくいことがあるよ。絵と文を合わせて、しっかり見て書くのが大切。あと、絵についてのかんそうではなく、お話について書こうね！

1 本を読む前の自分の体けん・考え

2 どうしてこの本をえらんだか

3 あらすじ さいしょのほう

えがおはみんなをしあわせにする

二年三組 川口 明里

わたしはなき虫です。よくなきます。さびしくてもなくし、おこられてもすぐにないてしまいます。

『ニコさんのわらいぶくろ』は、ひょう紙の絵の人が大きな口でわらっていたので、何がおもしろいのかと思って読んでみました。

ニコさんはわらいぶくろをもっていて、ふくろをひらくと、そばの人がわらいます。さ

いいね！

「わたしは〇〇です。」というみじかい書き出しは、読む人が「おっ!?」ときょうみを引かれるよ。〇〇には、せいかくや、とくちょうを入れてみよう。

いいね！

ひょう紙を見て、ふしぎに思った本をえらぶのもいいね。そのとき知りたいと思ったことが、本を読んでかくにんできたらなら、それもかんそうに書けるよ。

こうしてみよう！

あらすじはバラバラに書くと、

おわりのほう / 中あたり

い後はないている人をわらわせないで、そばにいてあげました。おこっている人とかいろんな人のところへ行って、わらわせます。

4 一番いいと思ったところ

ニコさんがおこっている人のところに行ってわらわせようとしたら、おこられて、あきらめないでわらわせたところがよかったです。

5 もし自分がとう場人ぶつだったら

わたしだったら、おこっている人はこわくて、近づけないと思うからです。

6 これからどうしたいか

この本を読んで、わらうことはとてもいいことだと思いました。え顔でがんばります。

6 これからどうしたいか

こんなふうにも書けるよ

今日からなかなないで、え顔でがんばります。

どんな話かわからなくなるよ。フレームに合わせて、出てきたじゅん番にしよう。文が三つあるうち、まん中が「さい後は〜」になっているので、これを三つ目にすると、話がわかりやすいね。

ポイント

本に出てくる人と自分をくらべて、「わたしだったら〜と思います。」というひょうげんをつかってみよう。「〜」のところには、自分ならどうするかを入れるだけで、文のでき上がり！

こうしてみよう！

ひと言足すと、さいしょの「わたしはなき虫です。」の文とつながって、いいおわり方になるよ。

⇓れいは上

原こう用紙
1まい
(400字)

もっと

かんそう文が上手になるヒント

見本のかんそう文を読んでどう思った？　マネしたいところはあったかな？
出てきたポイントをちょっとおさらいして、ヒントをさがしてみよう！

読みたくなるだい名をつける

かんそう文でさいしょに読むのは、だい名だね。おもしろそうと思ってもらえるだい名をつけてみよう。

① よかったところをだい名にする

たとえば、とう場人ぶつがあやまったところがよかったら
➔「ごめんなさい」のゆう気
➔「ごめんなさい」はなか直りのまほう
➔やったー！　なか直りできた

② だい名にしゅ人公のことを入れる

➔太一くんは電車はかせ
➔太一くんのヒミツ
➔はずかしがりの太一くんでもできた！

③ ぎもんをだい名にする

➔本当に足がはやくなるの？
➔右の道と左の道どっちをえらぶ？
➔どうして食べるのをがまんするの？

④ 本の中に出てきたセリフや言ばをつかう

➔「やるんだ！」が元気をくれた
➔ゲンもぼくも「行き当たりばったり」
➔「花よりだんご」のいみがわかった！

本を読む前の自分の体けん・考え

しっぱいしたことを思い出そう

さいしょに書くのは、しっぱいしたことやいやだったことがいいよ。わがままだったこと、らんぼうにしたこと、くやしかったこと、はずかしかったことなどでもいいね。

→妹がわたしより大きなケーキをとったので、くやしくてなきました。
→友だちがかっ手にペンをつかったので、おこって口をききませんでした。
→グ～ッとすごく大きな音でおなかが鳴って、はずかしかったです。

しっぱいやはずかしいことは書きにくいけど、人の心をうごかすのにとっても大切なことなんだ!

どうしてこの本をえらんだか

カッコいいことを書かなくてもいいから、どうしてこの本をえらんだのかを、そのまま書こう。

① 人にすすめられたなら、そのときのセリフを書いてみよう

→お母さんが、「むかし大すきだった本なの」とわたしてきました。
→「うちゅうの話でおもろかったよ」とお父さんが言いました。
→友だちが「ばくしょうする」と言うので読みました。

② ひょう紙できめたときは、何が気になったのか書いてみよう

→ひょう紙の犬がうちのペロとそっくりで、気になりました。
→ラグビーの絵がかいてあったので、読みたくなりました。
→ひょう紙の海のしゃしんがきれいで、行きたくなりました。

③ 中みでえらんだなら、どこがいいと思ったのか書いてみよう

→しゅ人公のキキちゃんが同じ2年生だったのでえらびました。
→ちょっとだけ読んだら車の話で、ぜんぶ読みたくなりました。
→東京タワーのことを知りたいと思って、本を買ってもらいました。

原こう用紙2まい
800字
見本1

物語
【ゆめ】

どんな本を読んだ?

高校時代にタイムスリップする話

50才の男が昔にもどる物語。大人が主人公だと「自分と共通点がない」と思ってしまいそうだけど、あきらめないことや友だちの大切さはわかるよね? 登場人物と「同じ気持ち」も共通点になるよ!

『ほのおの約束』を読んで

四年三組　山田　元

1 本を読む前の自分の体験・考え①

ぼくは1年生のとき、水泳を習っていました。楽しかったけど、なかなかうまく泳げませんでした。だからいつの間にか行くのをやめてしまいました。

2 本を読む前の自分の体験・考え②

3年生のときからコンピューターのプログラミングにきょう味を持ちました。でも教室が遠くて、送りむかえする母が大変そうなので、やめることにしました。

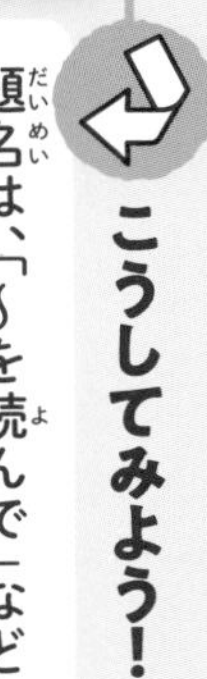

こうしてみよう!

題名は、「〜を読んで」などと書名をそのまま入れたらつまらないね。この本を読んで、思ったこと、考えたことを題名にしてみるとおもしろいよ。
⇓例えば、「ゆめをあきらめない」や「応えんしてくれる人がいるからがんばれる」などにできるね。

いいね!

一年生、三年生と、いつのことだったかを書くと、読む人がわかりやすいね。時間の順に書いているのもいいね。学年は漢字で書こう。

③ ❶と❷に対しての気持ち

ぼくは本当は好きなのに、めいわくをかけることはやめてしまいます。めいわくをかけて何かをするのは悪いことだと思うからです。

④ どうしてこの本を選んだか

この本を選んだのは、表紙の写真がきれいだったからです。校庭の向こうに見える夕日が、まるでほのおみたいに見えました。

⑤ あらすじ 最初のほう

ゆめがない50才の男に、同そう会の知らせが来ます。今までは行ったことがなかったが、初めて同そう会をする高校に行くことにしました。そこにはえい画部の友だちがいま

こんなふうにも書けるよ

❷ 本を読む前の自分の体験・考え ❷

でも教室が遠くて、母が「ごはんの時間がおそくなっちゃう。」と言ったので、やめることにしました。

こうしてみよう！

このとき、お母さんの言っていたことを入れてみてもいいね。人の言葉が入ると、文章がイキイキすることがあるよ。

⇓例は左上

ポイント

「まるで〜みたいに」という例えを使うと、読む人も想ぞうしやすく、自分が思ったことを伝えるのに便利だね。

いいね！

あらすじを上手にまとめているね。「ゆめがない50才の男」で、どんな人が主人公なのかわかりやすいね。

5 あらすじ

中あたり

終わりのほう

6 一番いいと思ったところ

7

した。でも自分以外はみんな、33年前の高校生にもどっていました。昔みたいにえい画を作る楽しい時間がすぎて、男は帰りかけます。でも、このあと友だちが火事で死ぬことを思い出して、大急ぎでもどります。

　もどったら学校は火事でした。男は友だちを助けようとしますが、「来るな！お前は生きろ！生きておもしろいえい画を作ってくれ！それが言いたかったんだ！」

　火事で死んだ友だちは、男に好きなことをしてほしいと思って一度だけ生き返りました。すごい友じょうだと思いました。

　もし自分がその男の人だったら、友だちが

いいね！

何年前にタイムスリップしたのかがわかって、読む人も「なるほど」と思えるね。あらすじは、その本を読んだことがない人にもいつのことなのかがわかるように書こう。

こうしてみよう！

本の中のセリフを入れるのはいいね。でも、あらすじのところで大事なセリフを入れてしまうと、「一番いいと思ったところ」で書くことが少なくなってしまうかもしれないよ。このセリフは⑥に入れて、あらすじは短くしてもいいね。

8

もし自分が登場人物だったら

死ぬところを見るのは悲しいけど、みんなが
おうえんしてるところがうれしいと思った。

これからどうしたいか

　ぼくはプログラミングをやりたいと思って、
母に相談しました。母は送りむかえが大変だ
と言っていたことを覚えていませんでした。
それよりぼくに続けてほしくて、本当はおう
えんしていたんだと気づきました。

いいね！

悲しいだけでなく、うれしいと思うことがあったら、それも書いてみよう。いろいろな気持ちを思い出して書くうちに、自分を表げんする力をつけられるよ。

こうしてみよう！

気づいたところで終わりになっているけど、プログラミング教室がどうなったのか、これからどうなりたいのかを書くと、いい終わり方になるよ。

⇓例は上

8 これからどうしたいか

こんなふうにも書けるよ

　ぼくはやっぱりプログラミングをやりたい
と思って、母にお願いしました。そうしたら
「お母さんも続けてほしかったの。」と言って
くれました。今は教室が楽しくて、しょう来
はコンピューターの仕事がしたいです。

原こう用紙2まい
800字
見本2

物語
【動物】

どんな本を読んだ?

ネコが旅でぼうけんする話

動物がテーマの本は、「自分の体けん・考え」を動物にかん係したことにするとまとめやすいよ。この本の主人公はネコだけど、どんなせいかくなのか、自分と同じところがあるのか考えてみよう。

本を読む前の自分の体けん・考え ①

本を読む前の自分の体けん・考え ②

ネコだって旅をする

三年二組　川口　明里

　わたしはネコが大すきです。でもお母さんがネコアレルギーなので家ではかえません。だからよく、ペットショップにネコを見に行きます。ペットショップは、学校と家の間にあるところです。
　ネコのすきなところが二つあります。一つ目は鳴き声です。のどを鳴らす声がとくにすきです。二つ目は手ざわりです。毛が長いネ

こうしてみよう!

二つの文章に分かれているけど、短い中で「ペットショップ」とくり返しになってしまっているので、一つの文章にまとめたほうがいいね。

⇓例は左ページ

ポイント

自分の考えを言うとき、こんなふうに、それがいくつあるのか先に言うといいね。そのあとに、「一つ目は」「二つ目は」と書いていくとわかりやすいよ。発表をするときなど、口でせつ明するときにもおすすめ!

③ ①と②に対しての気持ち

④ どうしてこの本をえらんだか

⑤ あらすじ さいしょのほう

コも短いネコも手ざわりがいいです。
ネコをなでていると、本当にかわいくて、いやされます。ちょっといやなことがあっても「大じょうぶ!」という気持ちになります。
ネコがすきだからネコの本を図書館でさがして、この『何回でも旅するネコ』という本を見つけて、感想文の本にしました。
ネコのソータロ一は港町に生まれた。お魚がいっぱいあって、なか間もいっぱいいて、とても幸せだったのに、ソータロ一はたいく

① 本を読む前の自分の体けん・考え ①

こんなふうにも書けるよ

だからよく、学校と家の間にあるペットショップにネコを見に行きます。

いいね!

「いやされます。」で終わらずに、いやされて、どんな気持ちになるかまで書けているのがいいね。こうすると、読んでいる人に、もっと気持ちがつたわるよ。

ポイント

自分のすきなことや、きょう味のあることがテーマの本をえらぶと、感想も書きやすくなるよ。読むのもいやじゃなくなるよね

こうしてみよう!

「生まれた」になっているけど、「生まれました」だね。一つの作文の中で、文章のさい後の書き方はそろえよう。

5 あらすじ
さいしょのほう
中あたり
終わりのほう

6 一番いいと思ったところ

7 どうしていいと思ったか

つだった。だからその町を出て旅をした。

　都会で人間につかまりそうになったり、山でオオカミに追われたり、森でこわい声を聞いたりして、さい後は港町にもどりました。そうしたら、なか間が「おかえり！」って言ってくれた物語です。

　さい後、港町にもどって来たソータローを、なか間がたくさんの魚を用意してパーティーしてくれたところがとくによかったです。

　どうしてよかったかと言うと、やっぱりネコも友だちがほしいんだなと思ったからです。自分で出て行ったのに、なか間が集まってくれて、すごくうれしかったはずです。

こうしてみよう！
ここも、「だった」は「でした」、「旅をした」は「旅をしました」だね。

いいね！

「どうしてよかったかと言うと」で始めた文は、「〜からです。」で終わるのが正しいね。長めの文は、全体を見直してみよう。

8 もし自分が登場人物だったら

だれかとずっといないのもよくて、ときどき一人で行動したいこともあるけど、やっぱり友だちと遊ぶとソータローみたいにうれしいと思います。

9 これからどうしたいか

この本を読んで、ますますネコをかいたくなりました。大人になったら、ネコがいつもさびしくないように、2ひきかいたいです。

こうしてみよう！

長くて、ちょっとわかりにくい文になっているね。「やっぱり」の前で文を終わらせて、二つに分けるとわかりやすいね。

⇓例は左上

ポイント

「これからどうしたいか」を考えるとき、すぐにはできないことが思いうかぶこともあるね。そのときは「大人になったら」とすると、書けるかも。ちょっとかえて、「どんな大人になりたいのか」を書いてもいいね。

8 もし自分が登場人物だったら

こんなふうにも書けるよ

わたしもだれかとずっといっしょじゃなくて、ときどき一人で行動したくなることがあります。でも、やっぱり友だちと遊べるのはソータローと同じでうれしいと思います。

原こう用紙2まい
800字
見本3

物語
【戦争】

どんな本を読んだ?

飛行機を開発したら戦争に使われた話

戦争がテーマの感想文は、フレームが少しちがうので、フレームの内ようやポイントを見てね。本を読む前に、自分が考える「戦争のイメージ」をメモしておき、本とのちがいを書いてみよう。

ぎじゅつは人のためにある

四年一組　山田　元

1 本を読む前の戦争のイメージ①

　戦争はこわいです。人がいっぱい死ぬし、人をころさないといけないし、夜は暗くして、飛行機が飛んできたらかくれたり、竹やりで飛行機を落とす訓練もしていたそうです。

2 本を読む前の戦争のイメージ②

　ときどきニュースで、外国で起こっている戦争の話を見ると、子どもがけがをしていたり、建物がめちゃくちゃにこわれていたりして、びっくりします。

こうしてみよう!

戦争は自分の体験としては書けないので、だれから聞いた話か、どこで見たじょうほうかなどを入れるといいよ。読む人にわかりやすくなるし、自分だけの体験としての話にもなるよ。

⇓例は左ページ

ポイント

①と②は、戦争がテーマの本だけのフレームだよ。ここには、戦争について聞いたことや知ったこと、自分のイメージを書こう。上に書いてあるような内よう以外にも、

③ ①と②に対しての気持ち

ぼくは、日本も戦争でそんなふうになった
らどうしようって心配になりました。けがを
したり、学校も行けなくなるのはいやです。

④ どうしてこの本を選んだか

この『世界で最高の飛行機』は、前のほう
をちょっとだけ読んだら、飛行機の研究の話
がおもしろそうだったので読みました。

⑤ あらすじ（最初のほう・中あたり）

50年ぐらい前に外国で、すごく高く飛べ
る飛行機の開発が進められました。それまで
になかった新しい飛行機の開発に、古いぎじ
ゅつ者たちは反対します。でも、主人公は、

① 本を読む前の戦争のイメージ①

こんなふうにも書けるよ

戦争はこわいです。親せきの93才のおじ
いちゃんに聞いた話があります。

・戦場
・ぶ器
・戦争中の日じょう生活
などのイメージでもいいね。

ポイント

①と②のイメージから、戦争を自分はどう思うか、家族はどう考えているのかなどを書こう。

こうしてみよう！

「読んだら」「読みました」と、同じような言葉のくり返しになっているね。「読みました」を「選びました」に変えたり、工夫してみよう。

7 作者は何を伝えたいか	6 一番いいと思ったところ	5 あらすじ 終わりのほう	5 あらすじ 中あたり
ぼくは最初、飛行機の進歩がすごいということが書かれていると思ったけど、最後には、どんなにすごいぎじゅつも戦争に使ってはいけないと作者は言いたいんだとわかりました。	特によかったのは、変わり者として一人ぼっちだった主人公に、少しずつ仲間がふえて、成功に向けて手伝い出すところです。	機は、てきに見つかりにくいから戦争に利用されます。主人公は自分の飛行機で多くの人がきずつくのを見て、研究をやめて、いなかでひっそりとくらすことにするという話です。	前人未とうの研究を続け、飛行機ができ上がります。でも、高いところを飛べるこの飛行

こうしてみよう！

「前人未とう」というのは、どんな意味かな？「今までだれもできていない」という意味だね。本の中の言葉を、あまり意味がわからないときは、そのまま使うのはさけよう。自分の言葉にしてみると、しっかり身につくよ。

⇓例は左ページ

いいね！

最初のほう、中あたり、終わりのほうと、あらすじをわかりやすくまとめているね。

いいね！

物語のうらにある、作者の考えや思いをしっかり読みとれているね。ちょっとむずかしい

8 どうしたら戦争はなくなるか

研究者も自分の研究が人をころすために使われるより、みんながよろこぶことに使われたほうがうれしいはずです。みんながそう考えれば、戦争はなくなると思います。

9 この本はどんな人におすすめか

　この本は、ぎじゅつがどんなふうに戦争に使われるか知りたい人、何かを作り上げることにきょう味のある人におすすめです。

けど、こんなふうに「作者は何を伝えようとしているのか」を書く方法もあるよ。本の中から作者の考えが表れていると思う言葉をさがして、使ってもいいね。

ポイント

戦争がテーマの本だけのフレームだよ。「戦争がなくなる方法」「平和な世界を作る方法」について、自分の考えたことを書いてみよう。物語の中で、登場人物がどんな方法をとったかもチェックしてね。

5 あらすじ

こんなふうにも書けるよ

だれもやったことのない研究を続け、飛行機ができ上がります。

原こう用紙2まい
800字
見本4

実話

どんな本を読んだ?

東京タワーを作った人たちの話

「実話(ノンフィクション)」は、本当にあったこと。むずかしいことを乗りこえて、成功した話が多いよ。出てくる人たちが苦労したことや工夫したことに注目して読むと、感想が書きやすくなるよ。

勇気のタワー

四年一組　山田　元

1 本を読む前の自分の体験・考え①

ぼくはたまに、勇気がなくなることがあります。この前、友だちが六年生にいじめられているのに、助けられなくてとても悲しかったです。

2 本を読む前の自分の体験・考え②

電車やバスに乗っているとき、おばあさんが前に立っても、席をゆずることができません。声をかける勇気がなくて、ずっとねたふりをすることがあります。

いいね!

「勇気が出なかった」ということを、上手に説明できているね。こんなふうに、書きたい内ように合った体験を選ぶことも大切!

こうしてみよう

主語は必要だけど、書かなくてもわかるときは、入れないほうが読みやすくなるよ。ここでは、「ぼくは」は一つ目か二つ目だけにして、三つ目は「自分が」にしたほうがいいね。ただし、主語になる人や物、

③ ①と②に対しての気持ち

ぼくは勇気を出せれば、気持ちいいのに、なって、
ぼくは勇気がなくなると何もできなくなって、
ぼくが悪い人に思えて悲しくなります。

④ どうして この本を選んだか

ぼくが『上空333』を読んだのは、家のそばにあるのに、何も知らない東京タワーのことをもっと知りたくなったからです。

⑤ あらすじ 最初のほう

昭和20年代の後半、日本にテレビが登場し、電波関係者の間で、そう合電波とうのこう想が生まれて、東京タワーの建せつが決まりました。地上333メートルのとうはわず

③ ①と②に対しての気持ち

こんなふうにも書けるよ

ぼくは勇気を出せれば、気持ちいいのに、
勇気がなくなると何もできなくなって、自分が悪い人に思えて悲しくなります。

「だれが（何を）したのか」をわかるように注意して書こう。
⇓例は左上

ポイント

感想文の題名に本の名前が入っていないとき、文のどこかに書名を書かないと、何の本の感想文なのかわからなくなってしまうね。こんなふうに、「どうしてこの本を選んだか」のところか、「あらすじ」の中に入れておこう。

こうしてみよう！

急にむずかしい言葉を使っているけど、自分の言葉かな？本の説明を何かで見て書き写すと、大人にはわかってしまうんだよ。話を友だちに説明するときみたいに、思い出しながらがんばって書こう。

5 あらすじ

中あたり

か15か月で完成したのです。そのかげでは
多くのしょく人たちが命をかけていたのです。

終わりのほう

高さと強い風とかみなりとたたかいながら、
世界一の電波とう作りにいどんだ、ぎじゅつ
者としょく人の物語です。

6 一番いいと思ったところ

すごく高い所の作業なのに、しょく人さん
は命づなを使わないで、はばのせまい足場で
動いていたところです。

7 どうしていいと思ったか

ぼくだったらこわくて、動けなくなったり、
全然しゃべれなくなったりするかもしれませ
ん。5メートルぐらいでもダメだと思います。
しょく人さんの勇気を知って、ぼくの勇気は
本当に少ないなーと思いました。

こうしてみよう!

このページの上には、「一番いいと思ったところ」とフレームの内ようが書いてあるけど、実さいの原こう用紙には書かれていないね。だから、何について書いているのか、読む人にわかるように書こう。

⇓例は左ページ

いいね!

どんなにこわいのか、よくわかる表げんだね。こわいとどうなるのか想ぞうしたり、これまでこわいときどうなったかを思い出すと書きやすいね。

8 これからどうしたいか

これからは、勇気がほしいときには東京タワーを作ったしょく人さんのことを思い出して、がんばりたいと思います。その勇気があればきっと、友だちも助けられると思うし、電車で席をゆずるのもかん単だと思います。

9 この本はどんな人におすすめか

この本は東京タワーに登ったことがある人みんなに読んでほしいです。

6 一番いいと思ったところ

こんなふうにも書けるよ

一番びっくりしたのは、すごく高い所の作業なのに、

こうしてみよう!

「もしそうなったら何ができるのか」を考えて、自分がこれからどうしたいかを書くのもいいね。
その場合、上の見本のように「～なら～と思う」「～だったら～できる」という文が使えるよ。

ポイント

こんなふうに、「この本はどんな人におすすめか」を最後に書いて終わる方法もあるよ。

原こう用紙2まい
800字
見本5

写真集

どんな本を読んだ?

世界のきけんな道がのっている写真集

これはちょっと反そくだけど、どうしても読書ができなかったら、すきな写真集を見て感想を書いてみる方ほうもあるよ。どの写真が気に入ったか、それはどうしてかをメモしておくといいね。

1 本を読む前の自分の体けん・考え ①

2 本を読む前の自分の体けん・考え ②

日本の道路はきけんかもしれない

三年一組　川口　明里

わたしの家はかん七の前にあります。歩道橋はなくて、かん七の横だん歩道をわたって学校へ行きます。そのあとも、通学路は車がとても多いです。

かん七をわたるとしばらく車道のわきを歩きます。車はスピードを出して走ります。スクールガードのおじさんとおばさんが交代で見守ってくれています。

こうしてみよう!

「かん七」というのが、とても大きな道路だとせつ明がいるよ。近所に住んでいる人は「かん七」のことを知っているけど、遠くに住んでいる人はわからないからね。その地いきのものは、日本中の人が知っているかどうか、考えてみるといいね。

⇓れいは左ページ

③ ①と②に対しての気持ち

小学校に入学したときは、こわくて一人ではいけませんでしたが、だんだんなれてきました。今は下級生の面どうを見ています。

④ どうしてこの本をえらんだか

わたしが『世界のキケンな道』を読んだ理由は、外国の子どももあぶない道路を歩いているのかな、と知りたかったからです。

⑤ 本の内よう

これは、世界のびっくりするような道ばかりを集めた写真集です。美しい場所にある、きけんな道がいっぱいのっています。字は少ないけど、わかりやすいかいせつあるます。

こんなふうにも書けるよ

① 本を読む前の自分の体験・考え ①

わたしの家は、「かん七」という大きな道路の前にあります。

こうしてみよう！

写真集だと、あまり読むところはないから、「読んだ理由」というより、「えらんだ理由」にしたほうがいいかもしれないね。

ポイント

写真集だと、あらすじを書くのはむずかしいよね。あらすじのかわりに、この写真集のテーマや、どんな写真がのっているのかなど、とくちょうを書いてみよう。

こうしてみよう！

なんだかへんな文になっているね。「かいせつもあります」かな。書き終わったら読み返すと、こんなまちがいを自分で見つけられるよ。

6 一番いいと思った写真

わたしがとくにこわいと思ったのは、インドの山おくにある道の写真です。その山道は林間学校で行ったようなハイキングコースとちがって、足をふみはずしたらがけの下に落ちてしまうような細い道です。

7 次にいいと思った写真

そして、もう1まいすごいのが、ヨーロッパにある海の中の道の写真です。時間によっては海の水が引いて歩けます。でも、おくれると海の水がおしよせて来ます。風の強い日は波がすごくて、ふだんよりきけんです。

8 どうしていいと思ったか

こういう道とくらべて、わたしの通学路は安全だと思いました。でもぎゃくを考えてみました。あっちの子どもたちから見たら、わ

ポイント

物語などでは「一番いいと思ったところ」を書くけど、写真集の場合は「一番いいと思った写真」をえらんで、それについて書いてね。

いいね！

二つ目の「いいと思った写真」のことを書くときに、「そして」と、せつぞくしを使っているのがいいね。「そして」は、文章をもう一つ足したいときに使える言葉だよ。

9 これからどうしたいか

たしの通学路のほうが車がビュンビュン走っていってきけんかもしれないと思いました。

スクールガードの人たちがいるから通学路で車にひかれないのかもしれないと思いました。もっともっと感しゃの気持ちをつたえるために、「おはようございます。」と「ありがとうございます。」を言いたいです。

いいね！

写真の場所に住んでいる子のことを想ぞうして書くのは、とてもいいね。「もし自分が登場人物だったら」という書き方もあるけど、こんなふうに、相手から自分を見たときの気持ちを想ぞうして書く方ほうもあるね。

こうしてみよう！

ここは、「だれが」というのを入れたほうがいいね。区切りと主語を入れて、読みやすくしよう。

⇓れいは左上

9 これからどうしたいか

こんなふうにも書けるよ

スクールガードの人たちがいるから、わたしは通学路で車にひかれないのかもしれないと思いました。

原こう用紙
2まい
(800字)

もっと 感想文が上手になるヒント

原こう用紙1まいから2まいになって、書くことがないとこまってないかな?
出てきたポイントをちょっとおさらいして、ヒントをさがしてみよう!

まず、本の感動した部分を考えてから、自分の体験を思い出すといいよ。
例えば主人公の勇気に感動したなら、自分が勇気を出せなかった体験を書こう。

本を読む前の体験

自分はダメだな～と思ったことは一つじゃないよね。どんな体験があるか、次のようなことも思い出すヒントにしてみてね。

① 人がこまっているのに知らないふりをしたこと

② 本当はわかっているのに、意地をはったこと

③ 何度言われてもやらなかったこと

④ お母さんに八つ当たりしたこと

⑤ 友だちがいやがることをしてしまったこと

⑥ 友だちをばかにしたこと

⑦ 友だちに笑われたこと

あらすじ

どんな本なのか、10行くらいにまとめるのはなかなかむずかしいね。
次のことを思い出しながら書くとわかりやすいよ。

① 最初のほう…主人公がどんな人で、何をしているのか

② 中あたり…主人公が体験したこと

③ 終わりのほう…②が最後にはどうなったのか

他のフレームを加える

「書けない」と思ったら、フレームを変えてみるのも一つの方法かもしれないね。18ページの「プラスのフレーム」も見て、書けそうなものを考えてみよう。

① どんな大人になりたいか

「これからどうしたいか」を、さらに未来に向けて考えてみよう。

➜周りにいる人たちを守れるけい察官になりたいです。

➜わたしがお母さんになっても、やさしい人でいたいです。

② この本はどんな人におすすめか

「なぜおすすめなのか」もわすれずに書こう。たとえば「勇気を出せない人におすすめ」だったら、次のようにも書けるね。

➜これを読むと、自分もできる気持ちになるからおすすめです。

➜勇気を出してやったらできると思えるから、おすすめです。

③ 作者はこの本で何を伝えたいか

自分は作者じゃないし、まちがっていてもいいから思ったことを書こう。

➜仲間と協力することのすばらしさを伝えたかったと思います。

➜幸せは、自分の気持ちしだいなんだと言いたいのだと思います。

この本のどこがよかったか

「～がよかったです」だけではなく、もう少し表げんの工夫をしてみよう。また、「どこがいいのか」について、①～⑤のようなことを考えると、書く内ようも多くなるよ。

① 気持ちを表す別の言葉を使ってみる

102～105ページも見てね。

② 登場人物の気持ちを想ぞうしてみる

➜きっとはずかしいのに、なんともないふりをしたところ

➜本当はいやだったと思うけど、やさしくしていたところ

③ 話のてん開を予想して実さいとくらべる

➜ぜっ対にげると思ったのに、にげなかったところ

➜はん人はその男だと思ったのに、実はネコだったところ

④ 登場人物のいつもの様子とくらべる

➜いつも笑ってばかりなのに、なみだをこらえていたところ

➜ふだんはいじわるなのに、おばあさんに親切にしたところ

⑤ 別の登場人物とくらべる

➜友だちは見ているだけなのに、主人公は声をかけたところ

➜自分のほうが正しかったのに、弟をおこらなかったところ

原こう用紙3まい
1200字
見本1

物語
【勇気】

どんな本を読んだ?

『銀河鉄道の夜』の20年後の話

自分の苦手なことを、物語の主人公に重ねて書く方法だよ。苦手なことやちょっとはずかしいことはあまり言いたくないかもしれないけど、文章だとけっこう書きやすいので、試してみてね。

目を見る勇気が友だちを作る

五年二組　山田　元

1 本を読む前の自分の体験・考え①

　ぼくは人見知りで、自分から進んで友だちを作るのが苦手です。保育園のときはおにごっこがきらいでした。おににねらわれるとこわくなって固まってしまうからです。

2 本を読む前の自分の体験・考え②

　小学校では給食が苦手です。給食を食べるのは好きですが、配ぜんがきらいです。「早く、早く。」とか言われると、早く運ばなきゃとか、ちゃんと分けなきゃとか考えてしまっ

いいね!
感想文を書き終わってから、自分が考えたことを使って題名にしているね。こんなふうに自分の考えを題名にするのも、おもしろい方法だよ。

ポイント
❶〜❸は、同じ「自分の苦手なこと」でも、保育園のとき、給食のとき、運動会などのときの体験を通し、いろいろな場面が書けているね。
ほかにも、昔の話、家での話、学校での話、じゅくや習いごとでの話、外での話などを思い出すと、さまざまな体験が書けるよ。

❸ 本を読む前の自分の体験・考え ❸

て、どうしたらいいかわからなくなります。

運動会とか、合唱大会とか、お楽しみ会のときとか、休み時間にサッカーするときとか、みんなといっしょに大きな声を出したりできません。大きな声を出すのがはずかしいです。

ぼくは人よりも行動がおそいです。だからみんなに迷わくをかけていないか、きらわれているんじゃないかと考えてしまいます。

❹ ❶〜❸に対しての気持ち

この『星空の旅人』という本は、去年読んだ宮澤賢治の『銀河鉄道の夜』の20年後の

❺ どうしてこの本を選んだか

ポイント

自分の考えを表すとき、「○○は好きですが、〜がきらいです」というように比かくする方法もあるよ。

こうしてみよう!

「とか」が4回も出てくるね。これは数を減らしたほうが、すっきりして読みやすいよ。また、「とか」はおしゃべりのときの言葉なので、書くときは「など」のほうが文章らしくていいね。

⇓ 例は左上

こんなふうにも書けるよ

運動会、合唱大会、お楽しみ会のときや、休み時間にサッカーをするときなど、

ポイント

「だから〜と考え(てしまい)ます」という、ちょっとレベルが高い文章だね。前の話を受けて、自分がどう考えるかを伝えるときに使ってみよう。

5 どうしてこの本を選んだか

話で、主人公のジョバンニが友だちとうまくいっていない少年だったので読みました。自分に似ていると思って選びました。

6 あらすじ

最初のほう

ジョバンニは大人になって製薬会社の社員になりました。それで、医者になったザネリにペコペコしている場面から始まります。ザネリは昔の同級生で、仲良くなかった人です。

中あたり

ザネリとの関係とかいろいろなやんでいるジョバンニの前に、子どものころに乗った銀河鉄道がまたやって来て、乗りこみます。

終わりのほう

列車には子どもの自分が乗っていました。それを見て子どものころの気持ちを思い出したり、死んだお母さんに会ったりして、ジョ

ポイント

本を選ぶとき、こんなふうに表紙や前書きなどから、主人公と自分の共通点をさがせることもあるよ。自分と性格が似ていると、登場人物の気持ちがわかりやすく、書きやすいね。

いいね！

「〜から始まります」という言い方で、物語の始まりのできごとを、読む人に印象づけることができるよ。

いいね！

「最初のほう」「中あたり」「終わりのほう」とそれぞれ上手にまとまっていて、あらすじがわかりやすいね。

7 一番いいと思ったところ

バンニはだんだんなやみが消えていきます。

一番感動した場面は、列車をおりたジョバンニがザネリに、病気の少女ミライを治してほしいとたのむ場面です。ザネリが、「親友のたのみは断れない。」と、とてもうれしそうに言った場面です。

8 どうしていいと思ったか

それは、ジョバンニはザネリが自分のこと

ポイント

❼で感動した場面を説明していて、ここではそれを受けて、なぜ感動したのかを書いているね。❼で「感動した場面は」と言っているので、ここで「感動した理由は」と書くと、しつこい感じになるので、こんなふうに「それは」という接続しを使ってみよう。「それは〜だからです」にすると、前の文に対しての説明に使えるよ。

ポイント

心に残った場面を書くとき、いいと思ったセリフがあれば、それを書くのもいい手だね。読む人に強い印象をあたえられるよ。

こうしてみよう！

「場面」が3回もくり返しになっているね。どれか一つでも、ちがう言葉にしてみよう。たとえば、二つ目の「場面」を「ところ」に変えるだけで、印象が変わるよ。

8 どうしていいと思ったか

をきらいだと思っていたのに、本当は親友だと思っていたことを知ったからです。

9 もし自分が登場人物だったら

ぼくがジョバンニでも、きっと自分はザネリにきらわれていると考えてしまいそうです。相手の目を見て自分の意見を言うことができるとは思えません。ザネリの目を見て意見を言えるようになったジョバンニはすごいです。

10 これからどうしたいか

ぼくもこれからは、友だちへの苦手意識をなくしてみんなと仲良くなりたいと思いました。相手はぼくと友だちになりたいと思っているかもしれないからです。ぼくも相手の目を見られるようにしようと思いました。

11

ぼくは大人になったら声優になりたいです。

ポイント

ここでは、自分が登場人物になった場合を想像して、どういう気持ちになるか、どういう行動をとるかを書いているね。その場合、このように「きっと～そうです。」という表現が使いやすいよ。

いいね！

こんなふうに、登場人物の行動でお手本にしたいことを具体的に挙げて、「ぼくも～しようと思いました」と書くこともできるね。

どんな大人になりたいか

⑫ この本はどんな人におすすめか

声ゆうは声だけではなく、イベントなどの仕事もあります。養成所でも勇気を出して友だちをいっぱい作って、アニメでも勇気を伝えたいです。

　この本は、自分のことが好きじゃない人や友だちのことでなやんでいる人、『銀河鉄道の夜』を読んだことのある人におすすめです。

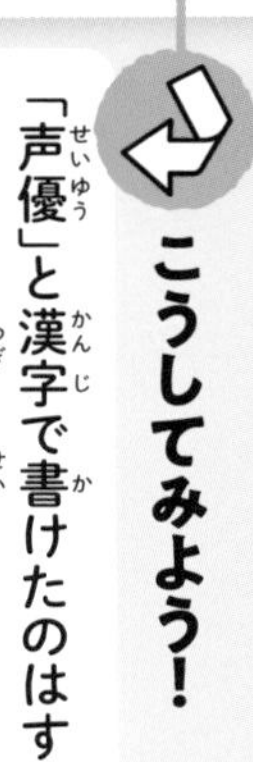

こうしてみよう！

「声優」と漢字で書けたのはすごいけど、次は「声ゆう」になっちゃっているね。同じ作文の中では、同じ言葉の漢字とひらがなはそろえよう。

こうしてみよう！

とつ然、養成所の話になっているね。もうちょっと話の流れがわかるようにしてみよう。

⇓例は左上

⑪ どんな大人になりたいか

こんなふうにも書けるよ

まずは声優になるための養成所に入って、そこでも勇気を出して

原こう用紙3まい

1200字

見本2

物語【動物】

どんな本を読んだ?

命を救われた犬の話

高学年になったら、「殺処分」など社会問題をふくむ物語にもちょう戦してみよう。難しそうに思えるけど、書いていく中で、大事な問題について自分なりに考えるきっかけにもなるよ。

もっともっとかわいがりたい

六年一組　川口　明里

私の祖母は犬を飼っています。私が生まれる前から飼っているので、もうおじいちゃん犬だそうです。おじいちゃんだけど、マルチーズなのでとてもかわいくて、私のひざに乗って、手をペロペロします。

犬の名前はペローと言います。何でもペロペロしていたので、ペローという名前になったそうです。私が幼ち園のころにはよくいっ

1 本を読む前の自分の体験・考え①

2 本を読む前の自分の体験・考え②

ポイント

①~③のふ通のフレームは「本を読む前の自分の体験・考え」だけど、動物の物語の場合は、体験の中でも「動物との体験(思い出)」にすると、全体がまとまりやすくなるよ。ここでは、本と同じで犬との思い出が書かれているけど、別の動物でもいいね。

いいね!

自分のおばあちゃんのことは「祖母」、かわいいマルチーズは「おじいちゃん犬」と使い分けができているね。

3 本を読む前の自分の体験・考え ③

しょに公園で走り回っていました。そして私のほっぺをペロペロしていたそうです。

でも最近は、ペロペロなめてくるけど、走り回ったりすることがなくなりました。一日中ひなたぼっこをしてばかりなので、少しつまらないと思うこともあります。

4 ①~③に対しての気持ち

もし家で犬を飼うなら、もっと元気で散歩も楽しめる犬がいいねと家族で話しました。

5 どうしてこの本を選んだか

私が『マルはいちばん星』という本を読もうと思ったのは、表紙の犬の写真が、ペロー

いいね！

体験①を受けて、犬の名前をしょうかいしているんだね。体験①で犬の名前も書いてしまいそうなところだけど、犬の名前にちなんだ話が体験②にくるので、この書き出しにしたのは上手だね。こうすることで、体験②の話がとてもよくまとまったね。

こうしてみよう！

ペローのことを「とてもかわいい」と書いていたのに、あれ？という展開だね。ここは、「〇〇もいいけど、××のほうがもっといい」という言い方にしてみようか。

⇓例は上

④ ①~③に対しての気持ち

こんなふうにも書けるよ

マルチーズもかわいくていいけど、元気に走り回るしば犬だったら、散歩が楽しくなるからもっといいね

5 どうしてこの本を選んだか

にそっくりだったのと、「いちばん星」というのは、もしかして亡くなった犬の話かなと思ったからです。ペローもおじいちゃんなので、共感できそうだなと思って選びました。

6 あらすじ

最初のほう

マルは、ペットショップで売れ残って、殺処分されるところを、山内夫婦に助けられました。

中あたり

山内夫婦は、弱って動かない犬だったけどジッと見るその目のかわいらしさにひかれて、家族にすることを決めました。

終わりのほう

子どものいなかった山内夫婦にかわいがられていたのですが、マルは火事からおくさんを助けたり、山へ旅行に行ったとき、道に迷

いいね！

物語を想像するだけでなく、「共感できそう」まで書けているね。想像するところで終わらずに、「○○に役立ちそうだ」「うちと同じかもしれない」など、さらに想像をふくらませて書くのもいいよ。

こうしてみよう！

と中から主語が、山内夫婦からマルに変わっているね。「マルは弱って動かない犬だったけど、山内夫婦は～」というように、主語をはっきりさせよう。

7 一番いいと思ったところ

っただんなさんを助けたりしました。そしてだんだん年をとって15才で亡くなります。
この物語には、人間の命を助けるなど、感動的な場面はたくさんありましたが、私はマルがふ通に過ごしているところが好きでした。公園で遊んだり、いっしょにご飯を食べたり、写真をとったり、みんなでお風ろに入ったり

こうしてみよう！

「～ですが」に続けるのは、前の文章と逆のこと。この場合、後ろの文章は、かわいがられていない（いじめられていた）といった内容ではないので、ここは、いったん文章を区切って、「そして」などの接続詞でつなぐほうがいいね。

⇓例は左上

6 あらすじ

こんなふうにも書けるよ

子どものいなかった山内夫婦にかわいがられていました。そして恩返しするように、

7 一番いいと思ったところ

するところです。

8 どうしていいと思ったか

犬が人の命を助けるのはすごいし、ぼう険は楽しいかもしれないけど、何にもない1日のほうが、マルは幸せそうだったからです。

9 もし自分が登場人物だったら

もし私がマルだったとしても、大好きな飼い主といっしょに、いつもと変わらない毎日を過ごしたいと思う気がします。

10 これからどうしたいか

私もペローをもっと大切にかわいがろうと思いました。昔のように、元気に走り回っているペローともう一度遊びたいと思っていたのですが、ペローも十分、今までがんばってきたんだなって思いました。

11

祖母が「犬は人間より年をとるのが速い。」

いいね！

「何にもない1日」「いつもと変わらない毎日」と、同じことを表現するにも、ちがう言葉を使えているね。自分の知っている言葉を思いうかべて、いろいろな表現を考えてみよう。

こうしてみよう！

「私もペローを～」と「昔のように～」とのつながりがよくないね。ここは「昔のように～」の文章を先にして、「私もペローを～」をあとにしたほうがわかりやすいよ。

どんな大人になりたいか

と言っていました。ペローはこれからもどんどんおじいちゃんになっていきます。私はもっとペローをいたわってあげたいと思いました。

そして、犬が殺処分されないように、私ができることはないかを考えました。私の家でも犬が飼えるようになったら、殺処分される犬を助けて飼おうと思います。

ポイント

文章がはみ出てしまうので、行がえしなかったのかな。ここでは話題が変わっているので、行がえしたほうが読みやすいね。

ポイント

「これからどうしたいか」「どんな大人になりたいか」を書くときに、こんなふうにいろいろな思いを長めに書いても大じょう夫。例えば72～73ページでは「これからどうしたいか」「どんな大人になりたいか」が5行ずつあり、そのあとに「この本はどんな人におすすめか」の3行が入っているけど、「これからどうしたいか」や「どんな大人になりたいか」だけ長く書いて終わりにしてもいいよ。

いいね！

こんなふうに、本を通して、世の中で問題になっていることを考えて書くのはとても大事だね。

原こう用紙3まい

1200字

見本3

物語

【戦争】

どんな本を読んだ?

戦争のときに橋を作った話

戦争についての本の感想文を書くときは、自分が持っているイメージを先に書いて、実際に起こったこととイメージとのちがいを書いてみよう。また、読んだあとの自分の心の変化を書くのも大事!

どんなときでも人は仲良くなれる

六年五組　山田　元

戦争のイメージ①

ぼくの戦争のイメージは悲さんな感じです。そして少しだけカッコいいというところもあります。特にゲームでは、戦争物はカッコよく作られていて夢中になってしまいます。

戦争のイメージ②

でこぼこ道でもどんどん進んで大ほうをうつ戦車。激しい空中戦で敵をうち落とすジェット戦とう機。その戦とう機をいっぱいのせて海を行くきょ大戦かん。せん望鏡と高性能

ポイント

ふ通は68ページや74ページのように体験談から書き始めるけど、戦争についての感想文はフレームが少しちがっているよ。

①〜③は、本を読む前に戦争について自分が持っていたイメージを書いてみよう。

ポイント

イメージを複数書くときは、書き分けが必要! 何を書くか決めてから書き始めると、書きやすくなるよ。この場合、①自分が戦争に対して持っているイメージ、②戦争に使われている乗り物や武器、③昔

❸ 戦争のイメージ❸

レーダーで敵を見つけて魚らいを打ちこむせんかん。

昔は鉄ぽうで兵隊同士でうち合っていた戦争も、今だとミサイルの発射ボタンをおすだけで多くの人間を殺すことができます。相手の顔を見なくていいから、きっとそんなに悪い気持ちにならないのかもしれない。

❹ ❶〜❸に対しての気持ち

映画でも戦争物は、戦場でのはく力があるアクションとか、戦友との友情とかを見ていると、ドキドキします。

❹ ❶〜❸に対しての気持ち

こんなふうにも書けるよ

そんなふうにカッコいいイメージもあるけど、自分が傷つく側になったらきっとたえられないと思います。

と今の戦争の比かく、と分かれているね。

こうしてみよう!

この部分に、戦争に使われている飛行機や船などの種類を書いているけど、それだけでは何が言いたいのかわからないね。最初か最後に、例えば「ぼくが知っているだけでも、こんなにたくさんの兵器があります。」といった文を加えてみよう。

こうしてみよう!

このフレームは、❶〜❸のイメージに対して自分が思っていることを書くほうがいいね。

⇓例は左上

5 どうしてこの本を選んだか

ぼくが読んだ『戦場の汽笛』という本は、本当にあった物語です。父が子どものころ読んで、感動した本だそうです。何の本を読んだらいいか相談したら、この本を推せんしてくれました。

6 あらすじ

最初のほう

戦争中、日本軍はアジアの国同士をつないで物資を輸送する鉄道を建設しようとしました。軍そうの黒岩は戦うことがきらいで、外国人ほりょと団結して最高の鉄道を作っていました。しかし、輸送船が来られなくなって

中あたり

食料が届かなくなります。隊長は残った食料を日本人だけで食べられるように、外国人ほりょをじゅう殺するように黒岩たちに命令し

いいね！

ただ「父がすすめたから」と書くんじゃなくて、どうしてすすめてくれたのかが書いてあるので、読む人にも選んだ理由がわかりやすいね。

こうしてみよう！

あらすじが「軍事裁判にかけられて……。」で終わっているけど、この先を書かないのは反則！　本の説明などで読者に結末を明かさないため、こういう書き方をしている文はあるけど、読書感想文のあらすじは、読む人に最後まで内容がわかるように書かないといけないね。

⇒例は左ページ

⑦ 一番いいと思ったところ

終わりのほう

ます。でも黒岩はほりょをこっそりにがして、
軍事裁判にかけられて……。
　一番感動したところは、食料補給の輸送船が来られなくなり、ほりょのじゅう殺を命令された黒岩。逆にほりょと食料自給の作戦を立てます。黒岩隊は人手も多く健康だったので、他の隊よりもすばらしい鉄道を作り上げ

⑥ あらすじ

こんなふうにも書けるよ

軍事裁判にかけられますが、そのあと自分が外国のほりょになったとき、にがした外国人に助けられる話です。

こうしてみよう！

「一番感動したところは」の文章の最後が「命令された黒岩。」だと、命令されたいだよ。最初に「一番感動したところは、」を入れず、このフレームの最後の文を「〜場面に一番感動しました。」で終わらせると、すっきりするね。

7 一番いいと思ったところ

たという場面です。

8 どうしていいと思ったか

命令に逆らってでも、みんなが幸せになる方法を考えて、最高の鉄道を作るという目標を達成したのがすごいと思ったからです。

9 もし自分が登場人物だったら

もしぼくが黒岩だったら、命令に従わないという勇気はなかったと思います。例え敵でも殺すのはいやだけど、殺さないと自分がどうなるかわからないからです。でもそれはとてもいやなことです。

10 これからどうしたいか

ぼくは最初、戦争は悲さんだけど、少しカッコいいイメージを持っていましたが、この本を読んではずかしくなりました。戦争のカッコよさは映画の中の話だけで、実際には生

いいね!

ここは7の場面に「どうして感動したのか」を書く部分なので、文の終わりがちゃんと「〜と思ったからです。」という理由の説明の文体になっているね。

ポイント

「もし自分が登場人物だったら」を書くとき、もっと長い作文の場合は、主人公以外の登場人物に自分を置きかえる方法もあるよ。この本だと例えば、外国人ほりょや、意外なところで隊長という裏ワザもあるかも。

こうしてみよう!

ここは「これからどうしたいか」を書くフレームなので、あとひと言ほしいね。最後に「も

きるか死ぬかの大変なことばかりでした。

上官からの命令を絶対に聞かなければいけないのも、戦争の悪いところだと思いました。

だれもが黒岩のようにみんなで話し合って、本当にみんなが幸せになれる考えを出し合ったら、戦争もなくなると思いました。

この本はみんなが読むべきだと思います。

⑪ どうしたら戦争がなくなると思うか

⑫ この本はどんな人におすすめか

う戦争はカッコいいなんて言わないようにしたいです。」などと加えてみよう。

ポイント

ここのフレームも、戦争の本だけの内容だね。「どうしたら戦争がなくなると思うか」は、ふだん戦争について何を考えているかではなく、上の文のように、この本を読んで考えたことを書こう。

こうしてみよう！

行が足りなかったんだと思うけど、しり切れトンボの感じだね。これはカットして他のフレームを1行分増やすか、逆に他を減らしてここに1～2行足すかして、ちゃんと終わりらしい文章にしよう。

⇓ 例は上

こんなふうにも書けるよ

⑫ この本はどんな人におすすめか

この本は、みんなに読んでほしいのですが、特に、少しでも戦争がカッコいいと思っている人に読んでほしいです。

原こう用紙3まい
1200字
見本4

実話

どんな本を読んだ?

お年寄りにやさしい女性の話

有名人でなくても、だれかの人生について書かれた本は、その人の性格や行動が自分とどうちがうのか、考えながら読んでみよう。きっと、「こうできればいいな」ということが思いうかぶと思うよ。

1 本を読む前の自分の体験・考え 1

2 本を読む前の自分の体験・考え 2

岩谷ショウ子さんの生き方

五年一組　川口　明里

　わたしの家には、おじいちゃんがいっしょに住んでいます。わたしはたまにおじいちゃんがきらいになるときがあります。

　勉強中にも話しかけるので、「ウザい!」と言って、母におこられたこともあります。

　おじいちゃんは足がおそいので、いっしょに歩くとなかなか進まないのでイラッとすることがあります。わたしが少し速く歩くと、

ポイント
題名に主人公の名前を入れるのも一つの方法だよ。

ポイント
体験がなかなかまとめられなかったら、自分が言ったことも思い出して、それを入れて書いてみると、書きやすくなることもあるよ。

③ 本を読む前の自分の体験・考え ③

④ ①~③に対しての気持ち

おじいちゃんが不機げんになるのを見ても、またいやな気持ちになります。

そして、おじいちゃんは、おそうじが好きです。少しでもかたづけないでいると、すぐに「すてるぞ！」と言います。それに勝手にわたしの部屋をかたづけたりするので、やめてほしいです。

たまにおこづかいもくれることがあるので、それはうれしいけど、そうじゃないときは本当にこまります。

④ ①~③に対しての気持ち

こんなふうにも書けるよ

おこづかいをくれることもあるし、昔の話を聞かせてくれたり、絵をほめてくれることもあって、

いいね！

最初の文では「イラッとする」、次の文では「いやな気持ちになる」と、同じような気持ちでも書き分けができているね。

こうしてみよう！

何を散らかしているのかを書くと、読んでいる人が風景を思いうかべやすくなって、もっとよくなるよ。

こうしてみよう！

これだと、おじいちゃんのいいところが、お金をくれるだけに見えてしまうね。もう一つか二つ、おじいちゃんのいいところを思い出して入れられるかな？

⇓例は上

5 どうしてこの本を選んだか

これを読んだのは、このの本をもとにしたドラマが去年あって、母の好きな女ゆうさんが出ていたので、いっしょにテレビを見たことがあったからです。

6 あらすじ

最初のほう

岩谷ショウ子さんは小学五年生のときから中学校を卒業するまでいじめられていました。

中あたり

お父さんともお母さんとも顔が似ていないと思っていたら、実の子ではなく、家族との仲が悪くなってしまったこともありました。

終わりのほう

いろんな仕事をするが、どの仕事もうまくいかないし、続きませんでした。

そして引き売りの豆ふ屋を始めて、お年寄りとふれ合う中で、やがてこ独死の実態にふ

こうしてみよう！
この感想文全体を読んでも、本の題名がどこにも書かれていないね。ここに題名を入れてみてはどうかな。

⇒例は左ページ

いいね！
ドラマやえい画の原作になった本を読むのもいいね。ドラマやえい画の長さではえがき切れなかったことが本には入っていることも多いから、それを比べると、より楽しめることがあるよ。

ポイント
だれかの人生について書かれた実話の場合は、あらすじに、その人はいつごろの時代のどんな人なのかが読む人にわかるように書こう。ここには、ショウ子さんが生まれたのはい

7 一番いいと思ったところ

れ、こ独死を減らすためにがんばっています。

一番感動したのは、ショウ子さんは何度もお年寄りのこ独死を目げきするのですが、その中で4人目の田所さんが夏にひどい死に方をしました。ショウ子さんはこわがらないどころか、どうしてもっと早く見つけてあげられなかったのかと心をいためたところです。

いいね!

「○○どころか××」という言い方を使っていて、××のほうがもっとすごいことだと強調できているね。

こうしてみよう!

「一番感動したのは、」で始まっているのに、「死に方をしました。」で終わっていて、最初と最後が合っていないね。「一番感動したのは、」は、二つ目の文の最初に入れるほうがいいよ。

つごろで、豆ふ屋を始めたのは何才くらいかなどを入れると、イメージしやすいね。

5 どうしてこの本を選んだか

こんなふうにも書けるよ

『豆腐屋ショウ子』を選んだのは、

8 どうしていいと思ったか

　そんなことがあると、だれでもいやな気持ちになるけど、もっと早く見つけてあげたいなんて、とてもやさしい人だと思いました。

9 もし自分が登場人物だったら

　もしわたしがショウ子さんの立場だったら、お年寄りに近づくのがこわくなると思います。
　そしてお豆ふ屋さんもやめてしまうと思います。でもお年寄りの立場から考えたら、とてもうれしいことだと思いました。

10 これからどうしたいか

　おじいちゃんのいいところもいっぱいあるから、そこをもっと見てあげないといけないと思いました。それにお年寄りはわかい人といっぱい話がしたいということもわかったので、いっぱいお話をしようと思いました。

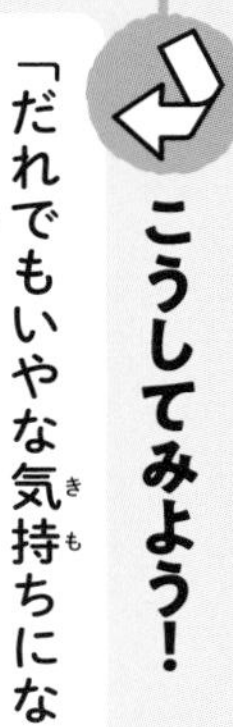

こうしてみよう!

「だれでもいやな気持ちになる」と書いているけど、「だれでも」なのかはわからないよね。感想文は自分の気持ちと向き合うものだから、「自分なら」「わたしなら」どう思うかを書いてみよう。

こうしてみよう!

これまでは「豆ふ屋」だったのが、「お豆ふ屋さん」になっているね。一つの作文の中では、同じことについて書くときはできるだけ同じ言葉で書こう。あとで読み返すと、気づくことができるよ。

ポイント

「自分がショウ子さんだったら」に続いて、「お年寄りの立場」にもなって考えたんだね。ちがう立場の人の気持ちを考えるのは、ものごとをいろいろ

11 どんな大人になりたいか

　わたしはしょう来、ゲームを作る人になりたいと思っています。子どもとお年寄りがいっしょにできるゲームを開発するのもおもしろそうだと思いました。お年寄りが子どもといっしょにゲームをして、お年寄りが健康で長生きできたらいいと思いました。わたしのおじいちゃんも、きっと喜ぶと思います。

10 これからどうしたいか

こんなふうにも書けるよ

そこにもっと目を向けないといけない

な面から考えて判断することにつながるので、とても大切だね。

こうしてみよう！

「見てあげる」という言い方は、上の立場の人からのちょっとえらそうな表現にもとらえられちゃうかもしれないね。少し表現を変えてみようか。

⇓例は左上

いいね！

単に大人になったならの夢を書くのではなく、この本を読んで自分の体験をふり返り、しょう来のことを考えて書くことが大事。
この感想文では、テーマであるおじいちゃんとの関係と、しょう来の夢であるゲーム作りを上手に結びつけて、いい終わり方になっているね。

原こう用紙3まい
1200字
見本5

図かん

どんな本を読んだ?

絶めつした動物のイラストつき図かん

*ここに出てくる図かんやその中の生き物は実在しないものです。

図かんや事典は本当は感想文に向いた本じゃないけど、心に残った内容があれば、それをもとに書くことはできるんだ。すごいと思ったことやびっくりしたことを、自分の体験も交えて書いてみよう。

ヒヨコをニワトリにする

五年四組　山田　元

1 生き物に関する体験1

ぼくは学校でずっと飼育委員です。最初は三年生のときにクラスのメダカ係でした。そのときはそんなに生き物に興味がなかったので、面どうくさいと思いながらエサをあげたり、いやいや水そうをあらっていました。

2 生き物に関する体験2

ある朝、学校へ来たらメダカが全部死んでいました。クラスのみんなはとてもがっかりしていました。ぼくもがっかりしたけど、メ

いいね!
感想文を書いたあとで、この本を読んでの気持ちをもとに題名を考えるといいのだけど、こんなふうに決意を書くのもおもしろいね。

ポイント
図かんの場合はこのフレームに、この本につながる体験を書こう。ここでは生き物の図かんなので、生き物についての自分の体験だね。

ダカは弱い生き物だから、仕方ないと思いました。

3 生き物に関する体験③

　家族で夏祭りに行ったとき、金魚すくいをしました。そのとき、水そうにアブクを出す機械がありました。金魚すくいのおじさんに聞いたら、金魚も酸素をすうのでつけてあると教えてくれました。

4 ①～③に対しての気持ち

　クラスの水そうにもこの機械があったらメダカは死ななかったかもしれないと思ったら、とても悲しい気持ちになりました。

失敗した体験があって、「この図かんを読んで、こうしようと思った」という流れにするとまとまりやすいけど、無理に失敗談を選ばなくても大じょう夫。

いいね！

①と②が学校での体験なのに対して、ここは家族での話になっているね。こんなふうにいろいろな場での体験を入れると、話が広がるよ。

ポイント

正確な日時がわからないとき、「ある○○」ともできるよ。昼休みだったら「ある昼休み」とか、「暑い日」だったら「ある暑い日」などでもいいね。

5 どうしてこの本を選んだか

ぼくはもっと生き物のことを知りたいと母に言ったら、動物が死んだ理由が書いてある図かんだと言って買ってくれました。

6 どんなことが書かれているか

この『ダーウィンVS進化失敗動物』という本は、絶めつした動物がなぜ絶めつしてしまったか、そしてどうなっていたら今でも生きていられたかということが、その動物とダーウィンのひと言会話でとてもわかりやすく、おもしろく読めるようになっています。

イラストもカラーでとてもきれいで、ちょっとかわいいです。それにふ通の図かんみたいなことも書いています。

7

おもしろかったのが、ジョーカラリという

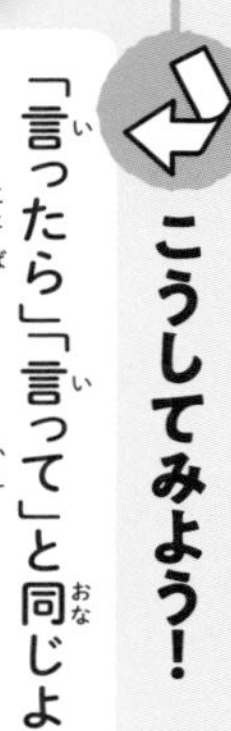

こうしてみよう！

「言ったら」「言って」と同じような言葉のくり返しになっているので、どちらかを変えてみよう。たとえば、「母に言ったら」を「母に話したら」とか「母に伝えたら」などにしてもいいね。

ポイント

ここは図かんだけのフレームで、あらすじの代わりにどんな内容なのかを書いてね。その図かんから何がわかるのか、どんなふうにまとめられているのか、全体の様子がわかるように書いてみよう。

こうしてみよう！

「ふ通の図かんみたいなこと」ってどんなことかな？　いろいろな図かんがあるので、ここ

おもしろいと思った生き物①

全長8メートルの大型両生類です。最強動物だけど、おしっこの量が多く、地球の天候の変化で水不足になったのに、おしっこをしすぎて体がかんそうして死んでしまいました。

おもしろいと思った生き物②

南半球にいたフクロネズミは、カンガルーやコアラと同じ有たい類で、大きなきばを持っています。えい物を食いちぎるきょう暴性の

⑥ どんなことが書かれているか

こんなふうにも書けるよ

それに、それぞれの生きていた時代、生息地、大きさなども書かれています。

は何が書かれているかを書いたほうがいいね。

⇓例は左上

ポイント

生き物の図かんの感想文の場合、ここのフレームは「おもしろいと思った生き物」にして、どんな生き物だったかを書くといいね。この感想文では、⑦、⑧、⑨で3種類の生き物をとり上げているよ。

いいね！

「有たい類」というむずかしい言葉でも、「カンガルーやコアラと同じ」と説明することで、想像しやすいね。むずかしい言葉が出てきたらそのまま使わずに、こんなふうにみんなが知っていることを見本に説明するといいよ。

8 おもしろいと思った生き物②

ある動物ですが機びん性がなく、追いつめられたえ物におそわれて絶めつ。まさにふくろのネズミでした。

9 おもしろいと思った生き物③

アフリカ大陸に住んでいたウツムキガメは、いつもうつむいた状態だったので、血行が悪くかたこりが進み、こきゅうが浅くなった上に食べ物を丸飲みできなくなって不健康で絶めつしました。人間で言う「スマホ首」です。

10 この図かんからわかったこと

生き物は必ず死ぬ。1ぴき死ぬのはじゅ命だけれど、全部が死ぬのには必ず理由があるんだとわかりました。そして絶めつしないためにはどうしたらよかったかということも考えられることがわかりました。

いいね！

❽も❾も、生き物の生態をわかりやすく、おもしろくまとめているね。

ポイント

ここも図かんだけのフレームだよ。ここでは、「あの動物の名前がわかった」など、一つ一つの生き物についてのことではなく、上の見本みたいに図かん全体からわかったことを書いてみよう。

これからどうしたいか

この本はどんな人におすすめか

ぼくは飼育委員会の委員長をしています。学校の飼育小屋にはウサギとヒヨコがいます。もっと育て方をくわしく調べて、わかりやすく図解しようと思いました。できればヒヨコをニワトリになるまで育てたいと思いました。

この図かんは、生物の進化や絶めつに興味がある人、動物が好きな人におすすめです。

こうしてみよう！

この感想文の始まりでは「飼育委員」で、ここは「委員長」になっているね。こうするなら、いつ委員長になったのか、また、委員長になったからどうしたいのかを入れたほうがいいね。

⇓ 例は左上

いいね！

図かんからヒントを得て、これからどうしたいかに上手に結びつけているね。どうしたいのかがはっきりしていると、この部分が書きやすくなるよ。

これからどうしたいか

こんなふうにも書けるよ

ぼくは今年、飼育委員長になったので、学校にいる生き物を元気に育てるのを目標にしました。

原こう用紙3まい（1200字）

感想文が もっと 上手になるヒント

長い文を読みやすくするには、どうすればいいのかな？
出てきたポイントをちょっとおさらいして、ヒントをさがしてみよう！

全体をまとまりのある感想文にする

それぞれのフレームは書けても、全体がバラバラの話になっていると、感想文のまとまりがなくなっちゃうね。うまくまとめるコツをいくつか知っておこう。

① 「本を読む前の体験」と「これからどうしたいか」を結びつける

例）本を読む前は勇気がなかった ← 感想文の最初にその体験談を書く
→本を読んで主人公の勇気ある行動をマネしたいと思ったとすると……
「これからは勇気を出して、こまっている人に声をかけたいと思いました。」とまとめる

② 「どんな大人になりたいか」を本の内容と結びつける

例）「こまった子どもがいたら、遠くても助けに行った山田先生」の話の場合
→「わたしも先生になって、子どもたちを笑顔にしたいと思いました。」

③ 体験談より先に他のフレームを書いて、体験談はそれに合わせる

「一番いいと思ったところ」「どうしていいと思ったか」を先に書いて、それと関係がありそうな体験談を思い出して書く。

例）「主人公が努力してゆう勝できたところ」がいいと思った場合
→自分が努力できなかった体験を思い出して書く

つながりをよくする

音読をしてみて、「なんだか急に話が変わったな」と変に思ったところには、文と文をつなぐ言葉（接続し）を入れてみよう。例えば次のようなものがあるよ。

① 別の話に入るとき
「ところで」「では」「次に」など

② 前の話と逆のことを言うとき
「ところが」「でも」「しかし」など

③ 前の話の結果を言うとき
「だから」「それで」「すると」など

④ 話をつけ加えるとき
「それに」「また」「それから」など

⑤ 前の話と比べる話をするとき
「逆に」「反対に」「一方」など

⑥ 前の話の理由を説明するとき
「なぜかと言うと」「それは」「と言うのは」など

⑦ 前の話を短くまとめるとき
「つまり」「要するに」「それは」など

行数を増やすヒント

行数がどうしても増やせない人は、頭をやわらかくして考えてみよう。

① 表現の仕方を変えてみる
102～105ページも見てね。

② 「いいと思ったところ」の場面を増やす
読みながらフセンを3まいはったよね（12～13ページ）。一番いいと思ったところ以外に、残った二つの場面についても書いてみよう。

③ 具体的なできごとや数字を加える
例）「○○さんが小学校のとき、」
→「○○さんが小学校のときだから、20年くらい前のことになります」

④ 説明を加える
例）「ぼくは923形を見ました。」
→「ぼくは923形を見ました。それはドクターイエローとよばれている新幹線で、線路や電気設備の点検をするための機器をのせていて、見ると幸せになると言われています。」

⑤ 調べてわかったことを加える
例）「祖母は『蛍石』を大切にしていました。」
→「祖母が大切にしていた『蛍石』というほう石が気になって調べてみました。英語では『フローライト』という名前で、中には、し外線で青く光る石もあるそうです。」

書き終わったらチェックしてみよう！

「書いた！」でおしまいにすると、まちがえていても気づかないままになってしまうことがあるよ。「書いたあとに音読する」ことで、もっといい感想文になるし、国語の力もぐーんとのびる！

感想文を書いたあとにすること

1

文のまちがいをチェックする

まちがいをチェックして、もしまちがえていたら正しい内ようを下書きに書きこもう。それを見ながら清書すると安心だよ。

2

まちがいがあったら直して音読する

声に出して読むと、字を目で見て気づかなかったまちがいに気づくことがあるよ。ここでもまちがいに気づいたら、下書きに正しいものを書きこもう。

3

ていねいに清書する

もう一度書くのは面どうだなーと思うかもしれないけど、下書きに正しい文が書いてあれば、それを見ながら書くのはかん単だよ。

こんなことをチェックしてみよう

チェックして、まちがいがなかった、または直し終わったら、□に☑の印を入れよう。全部に☑が入るまで、がんばろう！

□ 「、」や「。」をわすれていないか

長い文章は、「、」をつけて読みやすくしよう。また、「。」のつけわすれはないかもチェック。

□ **文字にまちがいはないか**

漢字や送りがなのまちがいはないか、カタカナの言葉や習っている漢字をひらがなで書いていないか、見直してみよう。

□ **文章のつながりはいいか**

中・高学年は、文と文がうまくつながっているかもチェック。つながらないようなら、「だから」「そして」「でも」など、文をつなぐ言葉を入れてみよう。

□ **題名や名前がぬけていないか**

感想文の題名を最後につけようと思っていると、うっかりわすれることがあるから注意!

□ **1行で終わっているところはないか**

この本では、文を短いかたまりずつに分けて書くけど、一つのかたまりが1行だけだと、さすがに短すぎるね。1行のところがあったら、がんばってもうちょっと書いてみよう。

□ **意味がわからないところはないか**

読んでみて、自分でもよくわからない文章は、他の人にはもっとわからないよ。3回音読して意味がわからないときは、書き直したほうがいいね。

□ **ていねいな字で書いているか**

下書きはきれいじゃなくてもいいけど、清書はていねいに書こうね。自分も読めないような字だったら、だれも読めないよ!

言葉にこまったときのヒント

書いているときに、どんなふうに書いたらいいか
言葉が出てこなかったら、このページを見てみよう!

気持ちを表すために いろいろな言葉があるよ

例えば、「うれしい」という気持ちをうまく表すには、どんなふうにうれしかったのかその行動を書いてもいいいし、「うれしい」と書かなくても、気持ちを伝えられる言葉もあるよ。

- 「うれしくてジャンプした」のように
  行動＋気持ちで表す
- 「バンザイした」のように
  行動で表す
- 「いい気持ちだ」のように
  別の言葉を使う

いろいろな例をあげたので、ぴったりの言葉を見つけて、感想文に使ってみてね!

うれしい・楽しい

- ウキウキ
- ワクワク
- はしゃぐ
- 大笑いする
- 笑顔になる
- おもしろい
- おかしい
- 幸せ
- いい気分
- 心がおどる
- 笑顔がこぼれる
- 思わず笑ってしまう
- 思わず飛び上がる
- うれしくてほっぺがゆるむ
- うれしくてなみだがあふれる

いくつ
知っているかな?

いろんな言葉を知っていると
自分の気持ちを
他の人に
上手に伝えられるよ

おもしろい

- おかしい
- ゆかい
- 思わず笑う
- おもしろくて
- 笑いが止まらない
- 笑いすぎて苦しい
- あごがはずれるくらい笑う
- あまりのおもしろさに
- 大ばく笑
- 好きなタイプ
- いい感じ
- きょう味がある
- 変てこりん
- こせいがある
- どく特の

おこる

- 頭にくる
- 頭に血が上る
- はらが立つ
- イライラする
- むくれる
- カッとする
- カンカンになる
- こぶしをにぎりしめる
- 目をつり上げる
- 思わずにらむ
- いかる
- いかりがばく発
- いかりがこみ上げる
- いかりでふるえる
- いかりをおさえられない

悲しい

- つらい
- 苦しい
- なみだが止まらない
- 泣いてばかり
- むねがいたむ
- むねが苦しくなる
- 切ない
- 悲しみにひたる
- 悲しくて笑顔が消えた
- 悲しくて何も食べられない
- 悲しくて足どりが重い
- 不幸に感じる
- 笑顔がくもった
- 気のどくに思う
- あわれに思う

おどろく

- びっくりする
- びっくりぎょう天する
- ドッキリする
- 目をパチクリする
- こしがぬけるほどおどろく
- 目を白黒させる
- 目玉が飛び出るくらい
- 思わず目を見開く
- 心ぞうがバクバクする
- 心ぞうが口から出るかと思う
- おどろいてパニックになる
- おどろいて口が開く
- ハッとして息を飲む
- しょうげきを受ける
- おどろいて声を上げる

こわい

- ぞっとする
- きょうふを感じる
- 動けなくなる
- 足が動かなくなる
- 体がこわばる
- 真っ青になる
- かみの毛がさか立つ
- 鳥はだが立つ
- 悲鳴を上げる
- せすじがこおる
- こわくてふるえる
- こわくて思わず目をとじる
- こわくてせ中がゾワゾワする
- きょうふで息があらくなる
- ゆめにうなされる

きんちょうする

- ドキドキする
- きんちょうで手がふるえる
- きんちょうでソワソワする
- きんちょうで心ぞうが止まりそう
- きんちょうしすぎて返事ができない
- 声がふるえるほどきんちょうする
- 手にあせをかくほどきんちょうする
- おなかがいたくなるほどきんちょうする
- 息がつまるほどきんちょうする

心配する

- 不安だ
- 安心できない
- 気がかり
- 気にする
- ハラハラする
- ビクビクする
- おびえる
- 心配しすぎて苦しい
- 心配で気持ちが落ち着かない
- 心配でいても立ってもいられない
- 息が深くできないほど不安
- 不安でつめをかむ
- 不安であせる
- 最悪なことを考えてしまう

安心する

- むねをなで下ろす
- ほっとする
- 力がぬけた
- 気持ちがゆるむ
- 気持ちが休まる
- 気持ちが楽になる
- 心が落ち着く
- 心が軽くなる
- 心がやすらぐ
- 安心してなみだが出た
- 安心して気がぬけた
- リラックスする
- 大じょう夫と思える
- 無事だと感じる
- かたの荷が下りる

言いかえのヒント

文が「〜と思います」ばかりになっていないかな？
他の言葉も使って、自分の気持ちを表してみよう。

文章の終わりの部分を言いかえてみよう

自分の気持ちを書くとき、「〜と思います」や「〜がよかったです」が多くなってしまうね。でも、そればかりだとちょっとつまらないから、他の言葉でも書いてみよう。言いかえをするときには、次のことに注意！

- 文章の意味に合っている？
- 自分でも言葉の意味はわかる？
- 他の文とむずかしさは合っている？

いきなりむずかしい言葉を使うと、そこだけおかしな感じになるので、言葉をかえたあとは全体をもう一度見直してみよう。

「〜と思います。」の言いかえ

- 〜と考えます。
- 〜と考えられます。
- 〜とも考えられます。
- 〜のような気がします。
- 〜とわかります。
- 〜と感じます。
- 〜と感じられます。
- 〜でしょう。
- 〜なのでしょうか。
- 〜ではないでしょうか。
- 〜のはずです。
- 〜かもしれません。
- 〜と言えます。
- 〜と言えないでしょうか。
- 〜に共感します。
- 〜という気持ちは理かいできます。
- 〜という印しょうを受けます。

「〜がよかったです。」の言いかえ

- 〜に感動しました。
- 〜が感動的です。
- 〜が印しょう的です。
- 〜がすごかったです。
- 〜が最高でした。
- 〜が一番でした。
- 〜が心に残ります。
- 〜に心を動かされました。
- 〜が頭からはなれません。
- 〜でなみだが出てきてしまいました。
- 〜でむねがはりさけそうでした。
- 〜にびっくりしました。
- 〜で笑ってしまいました。
- 〜にこうふんしました。
- 〜にドキドキしました。
- 〜でテンションが上がりました。

パート3

子どもが 読書感想文を書けないときに

子どもがなかなか書けないとき、大人はどう対応するといいのかの
ガイドページです。実際に著者の読書感想文講座を受講した
お子さんの様子や、保護者の方から寄せられる悩みも踏まえて
具体的な対処法をまとめました。

ここは
大人(おとな)の人(ひと)向(む)けの
ページだよ

大人がしがちな3大NG対応

ここに出ているNG対応、身に覚えはありませんか?
子どもが書かないと嘆く前に
わが身を振り返ってみましょう。

まだ書いて
ないの!?

NG1
書いたかどうかうるさく聞く

「まだ書かないの?」「早く書きなさい!」などとうるさく言うと、子どもはますます書く気が失せてしまうし、言うほうもイライラがつのります。それよりも、夏休み後半にお出かけや旅行、キャンプの予定を入れて、それに行くためには前半で書き終える約束をするなど、子どもが自分から書きたくなるようなお楽しみを考えてみましょう。

ちがう
でしょ!

NG2
書いている横から口出しする

子どもが書いている文を見ると、やはり大人は「書けていない」部分に目が行きがちです。つい口をはさみたくなります。でも、子どもは集中して書いているときに口出しされると、考えが途切れてわからなくなることも。特に、句読点について指摘しすぎると、考え込んで進まなくなる子がいます。アドバイスは、聞かれたときだけにしましょう。

大人が直してしまうと子どもは……

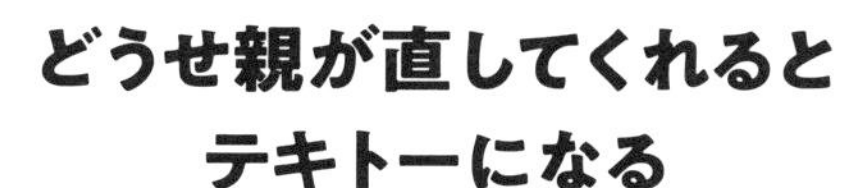

自分の文はダメなんだと自信をなくす

下手だから書きたくないと思うようになる

どうせ親が直してくれるとテキトーになる

大人が手を入れてしまうと子どもは、「ぼくの文章はダメなんだ」「こんなに直される作文しか書けないんだ」と自信を失い、苦手意識から書きたくないことにつながっていきます。また、テキトーにやっても大人が直してくれるんだと甘えも出ます。

子どもの文章が完璧じゃないのは当たり前。「うわっ、こんな感想文あり!?」と思っても、ぐっとガマン！　書けたことをほめてあげてください。「できる」という自信は自己肯定感を高め、ひいては自己表現力のアップにもつながっていきます。

ママが直してあげる

NG3 大人が望む方向に直させる

「友情」「勇気」などのテーマで、自分の「生きざま」を書かせたがるのはお父さんに、文の体裁や間違えていないかを気にするのはお母さんに多い傾向があります。また、子どもの感動ポイントがズレていると思うと、「そうじゃないでしょ」と自分のよしとする方向に誘導したがる大人も。意見を押しつけていないか、一度振り返ってみましょう。

よくある押しつけ

- 自分の価値観で書かせようとする（お父さんがしがち）
- 読みやすい文章に直させたがる（お母さんがしがち）
- 「感動する点はここじゃないよ」とダメ出しする

大人にしてほしいGOOD対応

大人の対応が変わると、子どもも変わることが多いものです。いろいろ言いたくなるのをグッとこらえて、見守ってください。

1 感動ポイントを受け入れる

子どもはときどき、本の思いがけない点に心をひかれることがあります。大人の思いとズレていても、それが子どもの感動ポイントなのだと否定しないこと。むしろ、「へー、そこなんだ！」といっしょにおもしろがったり、ほめてあげると、子どもも喜んで書きます。

2 自分で考えさせる

子どもが質問してきたり、書かれた意味がわからないとき、大人は答えを教えるのではなく、子どもに質問して自分で答えさせましょう。「これは誰のこと？」「○○ちゃんはどう思う？」などと聞いて答えが返ってきたら、「じゃあ、そう書いてみたら」と促します。

3 助言は聞かれたときだけ

アドバイスするのは、子どもが手助けを求めてきたときや、書き終わって音読（32ページ）をするタイミングで。音読を聞いて「あれ？」と思っても、まずは書けたことをほめ、「さっきの○○のところってどういうこと？」などと質問して、自分で間違いに気づかせましょう。

4 自力で書くことを目的に

この本の目的は、子どもが自分で書き上げること。文章の上手下手はひとまず問いません。大人の手が入らない感想文が書けると、それが子どもの自信につながり、書くことへの苦痛がやわらぎます。文章力をつけるのは、そのあとの話です。

5 大人は感想文の本を読まない

本の内容を知らなければ、口出ししたい欲も減るでしょう。また、何か聞かれたとき、「ママは読んでないから、わかるように説明して」などと言えば、子どもは答えながら頭の中が整理されていきます。「なるほど、○○っていうことね」「じゃあ、そう書いてみれば」でOKです。

本選びの注意点

ここでは、小学生には書きにくい本についてまとめました(書きやすい本については10~11ページ)。いずれも感動ポイントが定まりにくい本なので、子どもがどうしてもその本で書きたいという場合を除き、以下のような本は感想文の題材としては避けたほうが無難かもしれません。

感想文が書きにくい本

簡単すぎる本

●「〇分で読める」名作

5~10分で読めると銘打たれている本に載っている話はほとんどあらすじだけで、共感しどころが見つけづらいでしょう。

●子どもの学年よりも低い学年が対象の本

やさしすぎて感動しづらく、書きにくい傾向があります。

●絵本、図鑑、写真集など

文字が少ないほうがいいからと選ぶ子もいますが、何について書けばいいのか定まりづらい本です。

*ただ、これらを選ぶ子はある程度いるので、パート2ではこれらの本でも書けるフレームワークを収録しました。

むずかしい本

●少し前の日常を描いた作品

昭和~平成初期のころの、ひと昔前の日常がテーマの本は、子どもには意外に理解しづらいものです。当時はなかったものや解明されていなかったことが出てくると、「スマホを使えばいいのに」「なんでこんなことがわからないの?」などと疑問に思って、共感できなくなるからです。

→江戸時代以前のころだと、最初から現代と違う前提で読むので大丈夫です。
→近代でも、戦争テーマなどの本は日常とは違うと理解されるので問題ありません。

●主人公が複数いる群像劇

エピソードごとに語り手が変わるような構成の本もありますが、誰の視点で書いていいのか迷ってしまいます。

●主人公の一生を描いた物語

壮大すぎて、どの場面を選んで書けばいいのか選びづらいでしょう。

こんなときどうする?Q&A

ケース別の子どもへの対応、フレームワークを使った書き方についてなどをまとめました。読書感想文講座のときに保護者の方からも、実際によく聞かれる内容ばかりです。

子どもがなかなか書けない!というケース

Q1 子どもが自分でフレーム分けできません

A 最初は大人が分けてOK

どのフレームを入れるのか、何行ずつに分けるのか、最初は自分でできない子もいます。その場合は、子どもと話して、書けそうなフレーム(14、16、18ページ)を選んで、大人が分割してあげてOKです。

講座でも、なかなか書けない子には「ほかにもそんな体験はある?」など聞いて、書けそうなフレームを決めます。

何を何行書くのかが決まれば、みんなどんどん書いています。

Q2 どの本で書くかなかなか決まりません

A 「自分で選ぶ」体験をさせて

読書の習慣がない子どもの場合、本選びにも困ってしまいますね。ただ、大人が本を選ぶと、「パパに渡されたから」などと、選ぶ段階から自主性が失われてしまいます。子どもがどうしても選べないという場合は、3冊ほど提案して、自分で選べるようにするといいですね。

感想文のために読む本ではなく、以前読んで印象に残っている本でもOK。自分で選んだ本を読んで、書けた!という自信と達成感が大切です。

Q3 やる気がなく、机に向かおうとしません

A 具体的な課題を示してみる

やる気がないのは、苦手意識の表れということがよくあります。何から手をつければいいのかわからないとも考えられますので、「フレーム分けをする」「フレーム三つ分を書いてみる」のように、具体的、かつハードル低めの課題を示してみてはどうでしょう。

それをクリアできると、やる気がアップするかもしれません。「早く書きなさい!」とガミガミ言うだけでは、ますますやる気をなくします。

Q4 ふだんから全然本を読みません

A 興味をもたせて習慣化を

本が身近なものでないと、もちろん読書は習慣化しません。大人が読書をしている姿を日常的に見せて、大人同士がその本はどこがおもしろかったなどと会話をすることで、子どもも興味を示すでしょう。

本棚にしまい込まず、本を数冊テーブルやソファの上など、目に入るところに置いておくのもいいですね。マンガや図鑑からでもいいので、本をそばに置いて、子どもが毎日5分でも読む習慣づけを。

Q5 「わかんない」と投げやりです

A わからない内容を具体化する

「わかんない」は、まず「何がわからないのか」をはっきりさせましょう。

①何を書くのかわからない

→フレームを分割して、各フレームに何を書くかを説明してあげてください(Q1参照)。

②どこがよかったのかわからない

→「感動したところ」といっても、子どもはそんなに感動しません。「自分と同じだと思ったところは?」「笑えたところは?」「かわいそうと思ったところは?」などと具体的に聞いてみましょう。

③あらすじがのまとめ方がわからない

→「友だちに教えてあげるみたいに簡単に説明してみて」とリクエストしてみましょう。本を読み返しながらまとめようとすると、とても長くなったり、時間がかかりすぎたりします。

④どんな気持ちなのかわからない

→語彙が少ないと、気持ちをこまかく表せません。102〜105ページに感情を表す言葉を収録しましたので、「こんな感じ?」と聞いてみてもいいですね。

そのほかの「わかんない」も、とにかく具体化して解決していきましょう!

日記を書いてみよう

文章が苦手という子には、日記がおすすめです。今日あったことと、そのことについてどう思ったか、それをどうするのかを書くようにすすめてみてください。最初は「ありがとうと言った/言われたこと」「初めてできたこと」を、日々のテーマにしてみましょう。うれしかったこと、できたことを書くのは、自己肯定にもつながります。慣れてきたら、右のような内容で書いていきましょう。

1日5〜6行でかまいません。続けていくことで、文章を書くことに慣れる以外にも、事実や自分の感情を見つめたり、これからどうしたいのかを考える力がついていきます。

日記に書くこと
①事実(今日あったできごと)
②感想(①のことをどう思ったか)
③発展(これからどうしたいか)

Q6 集中力がなくて書き進みません

A 分けて書けば集中できる

大人でも集中して文章を仕上げるのはむずかしいことがありますよね。子どもには文字を書くのも重労働なので、なおさらです。

フレームを二つとか三つと決めて、それが書けたら休憩やおやつなどと決めておけば集中できるはず。

1日で完成させるのが無理ならば、2～3日に分けて書いてもいいでしょう。ふだんから書くことに慣れておくのも効果的です（113ページ「日記を書いてみよう」も参照）。

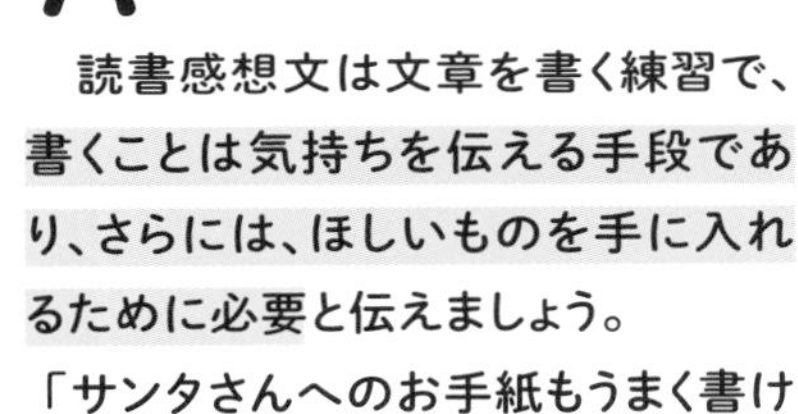

Q7 「なんでこんなの書かないとダメなの」と反抗的です

A 文章を書けるメリットを伝える

読書感想文は文章を書く練習で、書くことは気持ちを伝える手段であり、さらには、ほしいものを手に入れるために必要と伝えましょう。

「サンタさんへのお手紙もうまく書けると、本当にほしいものをもらえるよね」「友だちへのお手紙で好きって伝えられるよ」「LINEでもおもしろいことを書けるようになるかも」など、年齢に合わせて身近な例をあげると、メリットがわかりやすいですね（8ページも参照）。

Q8 指示待ちをしていて自分から書きません

A 今までのかかわり方を見直して

きっとこれまでずっと、こまかく見てあげていたんですね。でも、子どもが指示待ちをしていると気づいたときが、方向転換のチャンス。これからは指示出しはやめて励ましたりほめるだけにして、自主的にとり組ませるようにしましょう。

大人の指示どおりにすることを続けると、文章力はつきません。子どもが自分の力で書くことが大事だと割りきって、かかわりを最小限にとどめて。とはいえ、期日が迫っているとなかなかそうはいきませんので、余裕をもってとり組んでください。

Q9 考えすぎて書けないようです

A 自由に書いていいと伝える

まずは、下書きだからあとで直せるし、どんどん間違って大丈夫と言ってあげてください。フレームの行数に収まらなかったり、句読点を入れ忘れたりしても、あとで直せると思えば気楽になります。

また、「こんなふうに書いたら違うのかな」と迷ったり、「人と違うことは悪いこと」と思って、「正しいこと」を書こうとして書けない、という子も。「正しい感想文なんてない」「思ったことをそのまま書いていい」ということも、しっかり伝えてあげてください。

Q10 失敗談を書くのを恥ずかしがります

A 失敗談はみんな聞きたがる

本書では、自分の失敗談や後悔した体験から感想文を書き始めることをすすめています。失敗したこと→本からはこういうことを学んだ→それを生かしてこれからはこうしよう、といった流れでまとめやすいからです。

失敗談を書きたがらない子もいますが、自慢話よりも失敗談のほうがみんな聞きたがるし、書いてもおもしろい話になります。失敗をどう克服できたかもみんなの参考になるし、喜ばれるんだよ、とも伝えてあげてください。

Q11 本を読んでも特に感想をもてないみたい

A 感情に気づくヒントを

感想をもてないというより、どの部分をとり上げて、どう書いたらいいのか、とまどっているのだと思います。たとえば低学年の場合なら、「(主人公に)がんばれ!って思ったところがあった?」などとヒントになるように聞いてみてください。

最近の学校では、自己表現よりディベートなどを重視する「感情より論」の流れがあります。そのため、自分の感情を見つめたり表現したりするのが苦手な子もいます。子どもが自分の感情に気づくヒントを与えるような聞き方をしてあげられるといいですね。

Q1 「おもしろかった」しか感想がありません

A 「ここがおもしろい」を見つけて

まずは、どこがおもしろいのかをはっきりさせましょう。読みながら心に残ったところ3か所にフセンを貼り（12ページ）、その中からいちばんおもしろいところを選びます。そのどこがおもしろいのかを具体的に書くと、感想文がステップアップします。

それでも漠然としている場合、感想が書きにくい本の可能性があります。できるだけ書きやすい本（10〜11ページ）を選ぶと、何がおもしろいのかわかりやすくなるかもしれません。

Q2 語彙が乏しく、同じ言葉ばかり使っています

A 言葉の変化はまだ求めない

「よかった」「すごい」「思いました」のオンパレードという感想文はめずらしくありません。子どもは語彙が少ないし、言葉の変化をつけるという意識はないので、自分で書けているならそれでもよしとしましょう。

もし子どもがどういう言葉を使えばいいのか迷っているなら、102〜106ページのボキャブラリー集を示してあげてもいいですね。

Q3 書かれている意味がわからないのですが

A 3回読んで通じればOK

講座では、わかりづらい文でも、3回読んで、読み手にニュアンスが伝わったら直さないことにしています。どうしてもわからなかったらダメ出しはせず、「もうちょっと説明してくれる？」「これは誰のこと？」などと質問して、子どもに考えさせます。答えが返ってきたら、「なるほど！ じゃあそれを書いたらもっとよくわかるね」と言えば、気分よく書き直せます。

多いのは、主語が抜けて意味が通じにくくなっているパターンなので、「主語には注意してね」と言っておくといいですね。

Q4 「てにをは」を うまく使えません

A 最後まで書いたら音読を

書いたあと音読してみて、本人が「あれ?」となったら直しましょう。講座では、本人が気にしていなかったら、「てにをは」を直さないことにしています。直すのは、学校の先生の役割だと思っているからです。先生に直されると、おうちの人に直されるよりも気づきがあると思います。

Q5 漢字や文字の間違いが 多いのですが

A 叱らず、やんわり指摘を

これは気づいたら指摘してもいいと思います。ただし、絶対に叱ったりしないでください。どんな感想文でも、書き終えたことはすばらしいのですから。

ひらがなばかりで書いているようなときも、「この漢字、習っていなかったっけ?」とやんわり言うくらいにして、「これは漢字でしょ!」などと書き直しを強制しないこと。

Q6 字が汚くて 読めないこともあります

A 清書のときに励まして

下書きは汚くてもいいけれど、清書はていねいにするよう伝えましょう。「読める字で書かないと、がんばって書いたのにもったいないよ」と、ていねいに書くのは自分のためであるという言い方をするといいですね。

字が汚くて読めないと、せっかく書いても読んでもらえず、相手に気持ちが伝えられないことも話してみてはどうでしょう。

ほめ方のヒント

がんばって感想文を書いたら、いっぱいほめてほしいもの。
子どものモチベーションを上げるほめ方のヒントをまとめました。

子どもの思いや考えに共感を示す

「わかるわかる、パパも子どものころそう思ってた」「そんなふうに考えてたんだー、いっしょだね」「〇〇ってやっぱりびっくりするよね」などと共感を示すと、子どもはうれしくて鼻高々です。

子どもの着眼点をほめる

「そうきたかー！ ママは気がつかなかった」「なるほどねー。いいところに目をつけたね」など、子どもの着眼点をほめてあげてください。びっくりするような発想も否定しないこと。

子どもの目標を応援する

感想文の中で、欠点を克服しようとする気持ちや、将来の目標などが書かれていたら、「そうなんだ、これから楽しみだね」「応援するよ！」など、子どもが前向きにがんばれるような言葉がけをしましょう。

ほめ上手になるトレーニングをする

ほめ慣れていない人がほめ上手になるためには、少しトレーニングが必要かもしれません。日々、子どものダメなところではなく、いいところを探してください。ささやかなことでかまいません。そして、見つけたことを具体的にほめてあげましょう。

読書感想文講座の体験談

篠原明夫の読書感想文講座に
参加した子どもは1000人超。
保護者の方の体験談の一部です。
書くのが苦手な子どもでも
短時間で変われるんです!

（学年は講座参加当時のもの）

※講座の流れ:本は読んできてもらって、基本3時間で書き終える。最初の説明だけ保護者も参加し、子どもを残して保護者は退室。子どもが書き終えたら迎えに戻る。

書くことへの苦手意識がなくなった

息子は面倒くさがりで根気もなく、文章は読むのも書くのも大きらいでした。でもこの教室では集中できて、時間内に書き上げてきました。その後、息子は文章を書くことに苦手意識がなくなって、書く力が上がっていき、クラスの中で作文が選ばれるようにまでなりました。書く力以外にも、読む力、表現する力も伸びました。（小4男子）

書きたいことを引き出してもらえた

これまでほかの読書感想文教室にも参加しましたが、先生があらすじを書いた紙のうしろに感想を書くといった、自主性のいらない内容でした。先生が添削した作文があとから戻ってきましたが、結果的にその先生が書いた感想文になってしまっていました。篠原先生は息子の気持ちや書きたいことを引き出してくれて、それを自力で書き上げました。達成感と爽快感で、息子も喜んでいました。（小5男子）

3時間もかからずに書き上げた

なかなか集中できない子だったので、最初は3時間も集中できるのか、長い文章が書けるのかと、とても心配でした。最終的に3時間もかからずに書き上げたので、驚いてしまいました。その感想文も娘の素直な気持ちが感じられるもので、ジーンときました。（小1女子）

子どもの考えがわかり感動

毎年、感想文をめぐって娘とケンカになるので困っていました。この教室は、「上手な感想文を書く講座ではなく、子どもが自力で書き上げる講座」とのことで、とりあえずケンカせずに書き終えられることを期待しての参加でした。上手下手は問わないつもりでしたが、あとで感想文を読んで、この子はこんなことを考えていたんだという発見もあり、感動しました。（小6女子）

ダメ出しされず、作文好きに

息子は目のつけどころが変なので、いつも書き直しさせていました。教室に参加してのでき上がりはやはり、「なんでそこに感動するの?」と言うものでしたが、篠原先生が「直さないでください」と言うので、直しませんでした。息子は書き直しナシでOKが出たのがうれしかったのか、2学期を待たず、夏休み中のプールのときに担任の先生に見せました。先生は「発想がおもしろい。子どもらしくていい」と言って、教室に貼り出してくれました。それ以来、息子は作文が好きになりました。（小3男子）

2年目の息子の成長にびっくり

3年生と4年生のとき、2年続けて受講。1年目のときはなかなか書けなくて、なんと9時間も篠原先生におつき合いいただきました。終わったあと息子が「書けたよ!」とうれしそうに感想文を見せてくれて、うれしくて泣いてしまいました。2年目は、想像をはるかに超えた早さで書き終わったと連絡がありました。今回は手を抜いて、さっさと終わらせるという知恵がついたのだろうと思って迎えに行きました。でも読んでびっくり。今回は作文の上達ぶりに感動して泣いてしまいました。（小4男子）

篠原明夫（しのはら・あきお）

演出家、脚本家、研修講師、講演家、シビルウェディングミニスター。シノハラエデュケイトサービス代表。3児の父。1965年生まれ。20歳から演出を学び、24歳から小劇場を中心に活動をスタート。28歳から俳優養成所で講師を始め、能力開発と自己啓発をミックスした独自のスキルを確立する。そのスキルを生かし、教育機関、省庁、企業、専門学校、芸能養成所で、コミュニケーション講座、育児教室などを幅広く手がける。毎夏開催する読書感想文講座は、延べ1000人以上の子どもが受講。予約のとれない教室として小学生の親たちの間で有名。昨今は読書感想文講座講師の養成も開始。ストアカアワード最優秀講座賞（子育て・キッズ部門）を2018年、2019年連続受賞したほか、受賞歴多数。 https://shinoedu.com/

STAFF

装丁・本文デザイン／今井悦子（MET）

イラスト／江田ななえ

アイコンイラスト／速水えり

校正／荒川照実

協力／松本くり、松本 佳

編集／中野明子（BBI）

編集担当／松本可絵（主婦の友社）

脚本家が教える読書感想文教室

2020年7月31日　第1刷発行

著　者　篠原明夫
発行者　平野健一
発行所　株式会社主婦の友社
　　　　〒141-0021　東京都品川区上大崎3-1-1　目黒セントラルスクエア
　　　　電話　03-5280-7537(編集)
　　　　　　　03-5280-7551(販売)
印刷所　大日本印刷株式会社

 ISBN978-4-07-443186-1